わが家は祇園《まち》の拝み屋さん14

渓谷に散る紅葉と陰陽師の憂鬱

望月麻衣

角川文庫
22831

目次

プロローグ　5
第一章　金魚焼きと前途多難な幕開け。　10
第二章　モダンな羊羹と除霊。　61
第三章　それぞれの想いと疑惑。　122
第四章　柚子饅頭とダムの龍神。　154
エピローグ　214

プロローグ

十月下旬。

秋も深まり、髪を撫《な》でる風は冷たさを孕《はら》んでいる。

――今年の夏、櫻井小《さくらいこ》春《はる》は東京で過ごし、表立ってはいないが、大きな事件を解決に導いた。

様々な出来事があったせいか、とても長く感じた夏休みだったけれど、京都に戻り、秋を迎えると急に時間が早く進み出したように思える。

小春は、澪人《れいと》と共に『さくら庵《あん》』の開店準備をしながら、色付き始めている木々を見て、そっと目を細める。その時だった。

「小春さんっ」

聞き覚えのある声が耳に届いて、小春は肩をびくんとさせた。

澪人も目を大きく見開いて、声の方向に顔を向けた。

二人が過剰なほどに驚いたのには、わけがある。

こんなにも声が近いのに、気配がまったくしなかったのだ。

だが、その姿を確認して瞬時に納得した。

「――千歳《ちとせ》くん」

彼の名前は、藤原《ふじわら》千歳。

この国を統べてきた一族と、陰陽師《おんみょうじ》として名を馳《は》せた安倍《あべ》家の血を受け継ぐ者。

そんな彼は、外見も神秘的で、真っ白い髪に、白い肌、まつ毛までも白い。一見、外国人に間違われそうだが、顔立ちはあっさりとした和風だ。

小春はあらためて千歳の顔を見て、彼の先祖であり前身の、安倍晴明《あべのせいめい》の姿が重なるのを感じた。

以前よりも似ていると感じるのは、彼が自らの前世を認識したためなのだろうか？

「お久しぶりです」

千歳は屈託のない笑みを浮かべて、小春の許《もと》へと駆け寄ってきた。

一人でここに来たのだろうか？

一瞬戸惑ったが、少し離れたところに彼の祖母・千賀子《ちかこ》の姿を見付けた。目が合うなり、彼女は、微笑みながら頭を下げる。

　小春も会釈を返し、腰をかがめて千歳と目を合わせた。

「千歳くん、京都に遊びに来てくれたの？」

「ううん、違うよ」

「違うの？」

　えっ？　と小春は訊《き》き返す。

「僕ね、これからお祖母《ばあ》ちゃんと京都に住むことになったんだ」

「僕には東京より、京都の方が肌に合ってるだろうからって。そういうわけで、小春さん、澪人さん、これからよろしくね」

　千歳はにこりと微笑んで頭を下げる。

　同時に、するりと彼の陰から三毛猫が出てきた。

　この子は浅草《あさくさ》で出会った狛猫《こまねこ》のコマ。彼も千歳と同じようにぺこりと頭を下げる。

　小春と澪人は、思わず顔を見合わせる。

　一拍置いて、小春は微笑んで千歳の顔を覗《のぞ》く。

「驚いたけど、私も千歳くんには京都の方が合ってると思う」

　澪人も、そうやね、と同意した。

「それに、元気そうで良かった」

「ありがとう」

千歳は跳ねるように言う。

随分、子どもらしくなった、と小春は頬を緩ませる。

そんな千歳の背中には大きなリュックがあり、一方、祖母の千賀子の傍らにはとても大きなスーツケースがある。

「もしかして千歳くん、京都に着いたばかりなの？」

そう、と千歳はうなずく。

「東京からは始発で来たんだ。京都に着いたら、いてもたってもいられなくてそのままここに来たんだよ。朝早いから失礼かと思ったんだけど、なんだか会える気がして」

小春は、ふふっと笑う。

「本当に会えたね」

「うん、今ならまだ間に合うと思って、すごく急いじゃった」

千歳は胸に手を当てて、ほんのり顔を赤らめた。

「間に合うって、なんのこと？」

小首を傾げていると、千歳はしっかりと小春の両手を握る。

「小春さんが今、澪人さんとお付き合いをしているのは知ってるよ。それはいいんだ。だけど、小春さん。大人になったら、僕と結婚してください！」

千歳は、大きな声ではっきりとそう告げた。

「えっ？」

その時、辰巳《たつみ》稲荷《いなり》の小さな境内から、『きゃあああ』と黄色い声が響く。人の声ではなかった。顔を向けると、辰巳稲荷を守護している白狐たちが頬を赤らめ、口に手を当てている。

『千歳さまと小春さまが！』

『なんて理想的なお二人！』

『歴史が動きます』

白狐たちがわいわいと騒ぎ立てている。そんな中、まるで柴犬《しばいぬ》のような丸い顔をした狐神《きつねがみ》のコウメは、目を丸くしてこちらを見ていた。

「結婚って……」

小春はぽかんとして、千歳を見下ろす。

澪人はというと呆然《ぼうぜん》と立ち尽くし、コウメと同じように目を真ん丸にしている。

それは、やはり前途多難を感じさせずにはいられない、秋の朝だった。

第一章　金魚焼きと前途多難な幕開け。

一

古《いにしえ》より、京都の陰陽師や除霊師、祓《はら》い屋、拝み屋は、妖《あやかし》などが起こす怪異を解決に導いてきた。

現代においても彼らは表向きは普通の仕事をしながら、日々京の町を護《まも》っている。

中でも特に優秀な能力者は陰陽師組織——賀茂《かも》澪人が属している陰陽師が集《つど》い構成された組織——に招かれ、その一員となる。

組織に招集されるというのは、陰陽師の中でも特に優秀と認められた証《あかし》。いわば、その世界のエリートだ。もちろん、断る者も存在するが、それでも誇りに思うもの。いつか組織の一員に、と目指す者も多い。

この組織だが、界隈《かいわい》の人間には『陰陽師組織』や単に『組織』としか呼ばれていない。

とても長い正式名称があるという話もあるが、関係者には『組織』で通じるので、そのままになっている。

組織の歴史は古く、飛鳥《あすか》時代にまで遡《さかのぼ》る。

七世紀の後半に天武《てんむ》天皇が設置した陰陽寮が前身だ。

陰陽寮は明治三年に解体されているが、その後は形を変えて存続していた。

主に賀茂の本家が主導し、血筋にこだわらず、能力のある者を招いて、新たな組織を作っていった。

一方の三善《みよし》家は、彼ら『陰陽師組織』に負けまいと、自分たちで『除霊師精鋭部隊』になろうと考えた。

それが大正時代の初めの頃。

組織は、そんな三善家の想いに配慮したのか、三善家の人間がどんなに優秀でも声を掛けてくることはなかった。

「そんな三善家の俺が、『組織』の一員になれるなんて、今でも信じられないよ」

三善朔也《さくや》は、わざとらしく胸に手を当てたあと、ねぇ、と澪人を振り返る。

ここは、御所《ごしょ》（京都御苑《ぎょえん》）東側にある関西圏の陰陽師たちが集う西の本部だ。

平屋の和風づくりの邸宅で、通行人には高級料亭だと思われている節がある。

陰陽師たちは詮索《せんさく》されるのを嫌い、その勘違いをそのままにしているという。

邸内は和室が多いが審神者頭《さにわがしら》の書斎は洋室だ。

窓の前にデスクがあり、応接用のソファーとテーブルがあった。

澪人はデスクに着いていて、朔也はソファーに座っている。

これから、朔也を他の陰陽師たちに紹介する『顔見せの会』があるのだ。

朔也は白衣《しろぎぬ》の狩衣《かりぎぬ》に浅黄色の袴《はかま》という神職の出《い》で立ちで、澪人も同じように白衣の狩衣、袴の色は濃い紫だった。

朔也は緊張しているようで、部屋に来た時から口数が多く、そわそわと落ち着かない様子を見せている。

「気になるのは俺がこれから『陰陽師』って名乗っていいのかな？　ってことなんだよね。陰陽師って神道のイメージじゃん？　うちは僧の末裔《まつえい》なわけだしさぁ。組織に所属しているだけで、『除霊師』のままなのかな？」

三善家は、かつて天台《てんだい》宗の優秀な僧侶《そうりょ》・浄蔵《じょうぞう》の流れを汲《く》んでいる。

だが、現在、朔也の家は寺ではない。

酒処で知られる京都・伏見《ふしみ》に蔵を持ち、酒を造り、販売していた。

「どっちでもかまへん。前も言うたけど組織の陰陽師が使うのは祝詞《のりと》だけやあらへん。

必要に応じて仏教の力もお借りするし、三善君が名乗りたい方を名乗ったらええ」

「それじゃあ、『陰陽師』を名乗っちゃおうかな……」

『陰陽師』とはよく言ったもので、この世には陰と陽、表と裏がある。

一般的に事件が起こると、警察などが捜査に当たるが、時おり常識では解決できない怪異に遭遇することがある。

そんな時に活躍するのが、組織の陰陽師たちだ。

「大丈夫かな。『大人しく比叡山《ひえいざん》に籠《こも》ってろ』なんて言われないかな」

「比叡山て……」

なぜ比叡山かというと、浄蔵がいた天台宗は最澄《さいちょう》が日本に伝えた仏教で、最澄といえば比叡山だからだ。

「何度も言うてますけど、うちは志があって能力のある人を歓迎してるさかい。そもそも、『上』にも報告していて許可をもろてます。そない心配せんでええ」

「上って、西の本部長のこと?」

「もちろん、本部長もそうやけど、今言うた『上』は、この組織の『上』のことや」

「それって、もしかして『お国』ってやつ?」

「そやね。お国の陰陽道を管轄しているお公家《くげ》さんがいたはるんや」

「あ、俺も知ってる。あの家だよね?」

そうや、と澪人はうなずいた。

警察が解決できない大きな怪異に遭遇した際、警察組織のトップは国に報告する。

報告を受けた国は、事件をある家に託す。

その家とは――、

「土御門《つちみかど》家や」

澪人のその言葉を受けて、朔也はごくりと喉《のど》を鳴らした。

土御門家は、まさに安倍晴明を始祖とする家。

安倍由里子《ゆりこ》やその大伯父《おおおじ》などは、安倍家の流れを汲む者であるが、直系ではない。

土御門家は朝廷に仕える公家であり、現代においても国の中枢を担い、決して表沙《おもてざ》汰《た》にはできない心霊現象などを管轄している。

「気になってたんだけど、土御門家の人間は自分たちで祓ったりしないの？」

「あそこは皇室お抱えや。皇室行事のお祓いに姿を現わさはることはあるけど、基本的には、屋敷にいて指示を出さはるくらいやねん」

へえ、と朔也は興味深そうに相槌《あいづち》をうつ。

「うちのじいちゃんたちも『お公家さん、お公家さん』ってよく言ってたよ。結構前の話だけど、時々うちにも仕事の依頼をしてくれてたみたいだよね」

そやね、と澪人はうなずいた。

「土御門家は徹底した実力主義や。組織だけを優遇してるわけやなく、他の除霊師の能力の方が必要だと判断したら、そっちに声をかけたはる」

「お公家さんから話が来たら、名誉だって大騒ぎだよね」

　ほんまや、と澪人は懐かしそうに頬を緩ませた。

「僕のうち――賀茂の分家も、土御門家からお声がかかるよう、必死やった」

「必死って？」

「場数を踏んで、賀茂の分家の活躍をアピールしたり、平均的な能力を上げたりしようとしてたんや」

　なるほどねぇ、と朔也は首を縦に振る。

「それで当時はコハちゃんの力を欲しがってたわけだね」

　え……、と澪人は動きを止めた。

「なんでそのことを……？」

「前に酔っぱらってる時に自分から話してくれたよ。『あの頃の僕は小春ちゃんの力を賀茂家に取り入れたくて、ひどいことを言うてしまったんや』って。コハちゃんになんて言ったのかまでは聞けなかったけど」

　まったく覚えていなかった澪人は、思わず額に手を当てる。

「もしかして、『お前の力が目当てなんだよ』って言っちゃったとか？」

「そないなひどいことは……」

そこまで言って、澪人は息をつく。

「でも、同じくらいひどかったかもしれへん」

小春が自分に好意の目を向けているのを知りながら、『本当の妹になってほしいくらいや』と言ったのだから……。

「ま、でも、賀茂くんが組織に招かれたことで、賀茂分家も認められたかたちになったわけで、万々歳ってわけでしょう？」

そうやね、と澪人は静かに答える。

「賀茂くんほどの力の持ち主が、どうして組織からすぐ声がかからなかったんだろうね？」

「……それは、僕に呪いがかかってたからや」

「呪い？」

澪人は、特別な祈禱《きとう》によって、能力を得て生まれてきた。

その因果故、二十歳まで生きられないという縛りがあった。

かつての若宮《わかみや》の言葉が思い出される。

『彼は〝自分は大人にならずに死ぬ〟と心に決めて生きてきました。たしかに呪いも因果もあったことでしょう。ですが自らがその命運を大きく引き寄せている。澪人さん、あなたは、罪を犯し続けてきました』

「それは結局、自分自身でかけていた呪いやったけど」

思えば組織から声がかかったのは、自身にかけていた呪いから解放された頃だ。

やはり組織は、すべてお見通しで恐ろしいところだ。

澪人は微《かす》かに口角を上げ、朔也を見た。

「三善家は、組織に負けまいと気張ったはったみたいやけど、組織に入るのは複雑やったんとちゃう？」

「そんなの今は昔だよ。畏《おそ》れ多くもしばらく張り合っていたみたいなんだけど、近年はすっかりお公家さんから声がかかることはなくなってさ、いつしか『三善家の人間も陰陽師組織の一員になれたら』って、思うようになってたんだ。だから俺が招かれて、うちは本当に大喜びだったんだから」

「そうやった」

神輿《みこし》で担がれ、ワッショイと叫んでいた朔也の姿が澪人の頭を過《よぎ》る。

「俺もいつか、お公家さんにお会いできることがあるのかなぁ」

さぁ、と澪人は首を傾げる。

「賀茂くんは？」

「僕もまだ会ったことあらしまへん」

そうなんだ！　と朔也は目を瞬《またた》かせる。

「土御門家って、安倍家と公家の血を受け継いでるわけじゃない？　それって例のあの子と一緒だよね。なんて言ったっけ」

「——藤原千歳くんやな」

「そう、千歳くん。京都に来たんだよね？」

そうやね、と澪人は静かに答える。

朔也は澪人の方に顔を向けて、小首を傾げた。

「それはそうと、賀茂くん、なんだか元気なくない？」

えっ？　と澪人は顔を上げた。

「分かった。やっぱり、ライバル出現を憂いているんでしょう？」

「そないなことあらへん！」

澪人の強い口調に、ええっ、と朔也はわざとらしく自分の体を抱き締める。

「俺じゃあライバルにならないって？」

澪人は我に返り、脱力したように肩を下げた。

「ちゃいます。僕にとって組織の陰陽師たちはみんな大切な仲間や。ライバルとか、競争相手やあらしまへん」

　そっか、と朔也は頬を緩ませて、前のめりになった。

「それじゃあ、どうして今、『ライバル』に反応したの？」

「えっ？」

「もしや、コハちゃんを狙う不届き者が出てきたとか？」

「…………」

　澪人はそっと目をそらすも、朔也は察した様子で小さく笑った。

「えっ、うそ、図星だった？　いやはや、心配ないでしょう、賀茂くんに太刀打ちできるような男なんていないと思うよ？　見た目もこのとおり超絶美形だし、そもそもコハちゃんは特殊能力の持ち主じゃん。賀茂くんはそんな彼女を理解しているうえ、同等かそれ以上の力を持っているんだからさ。静流《しずる》のことなんて気にしない気にしない」

　朔也はそう言って、澪人の背中を叩《たた》く。

「静流？」

「前に話したじゃん。水城《みずしろ》静流、英国人の血を引く、金髪碧眼《へきがん》の王子様。俺もさぁ、奴がイケメンすぎて胸騒ぎがするよね」

　澪人は、ああ、と相槌をうつ。

「東堂周平《とうどうしゅうへい》さんのお孫さんやね」

東堂周平は吉乃《よしの》の初恋の男性だ。吉乃の想いを受け取ることができなかった彼はその後英国人女性と結婚し、娘を授かった。その娘の子が、静流ということだ。

「彼のことを憂いていたんじゃないの？」

「……いや、まぁ」

訂正するのが面倒で、澪人は曖昧《あいまい》な返事をする。

実際は、静流の姿を見たこともない。

彼の祖父である東堂周平の顔はオルゴールのシリンダーから吉乃の想いを読み取った際に認識している。もし静流が祖父によく似ているのならば、朔也が胸騒ぎするのも納得の美男子に違いない。

澪人も静流に会えば焦るのかもしれないが、今は事情が違っていた。

千歳の言葉が頭を過《よぎ》る。

『小春さんが今、澪人さんとお付き合いをしているのは知ってるよ。それはいいんだ。だけど、小春さん。大人になったら、僕と結婚してください！』

澪人は顎《あご》の前で手を組み、眉根《まゆね》を寄せた。

「ね、大丈夫、賀茂くん？　険しい顔してるけど……」

澪人は我に返って頭を振る。

その時、扉をノックする音が響いた。

「審神者頭《さにわがしら》、三善さん、お時間です」

はい、と二人は揃って立ち上がり、書斎を出る。

扉の前には、市川《いちかわ》という四十代の陰陽師《おんみょうじ》がいた。

彼は西の本部の事務処理をはじめ、本部長の秘書のような仕事をする傍ら、他の陰陽師たちのサポートもしている。西の本部のマネージャーのような存在だ。

「本部長は少しだけ遅くなるそうですが、先に始めていてほしいと」

分かりました、と澪人はうなずいた。

「では、参りましょう」

市川が先導し、澪人と朔也はその後に続く。

「ああ、また、心臓がバクバクしてきた。意地悪されませんように」

「意地悪て。みんな大人やし」

「だよね。きっと、温かく迎え入れてくれるよね」

そんな話をしながら、澪人と朔也は渡り廊下を歩く。

皆が待つ大広間の前までできて、市川は膝《ひざ》をついて座り、スッと襖《ふすま》を開けた。

うわぁ、と朔也は小さく洩《も》らす。

二条城《にじょうじょう》の大政奉還《たいせいほうかん》が行われた広間を彷彿《ほうふつ》とさせる和室の大広間には、白衣《しろぎぬ》の狩衣《かりぎぬ》を纏《まと》った陰陽師たちがずらりと並んで座り、深々と頭を下げていた。

一歩足を踏み入れ、澪人と朔也は眉《まゆ》を顰《ひそ》めた。

大広間を包む空気は決して和気藹々《わきあいあい》としたものではない。

ピンッ、と張り詰めた空気に、朔也は目を泳がせて、澪人を見る。

「あれ……賀茂くん？」

「まぁ、大丈夫やろ」

澪人は静かに答えて、大広間を歩き、皆の前に腰を下ろした。

朔也はその隣に座る。

二人は揃って皆に向かい深く頭を下げ、ゆっくりと顔を上げた。

「皆さん、今日はおおきに。面を上げてください」

澪人の言葉に、皆は一斉に頭を上げた。

その視線は、すぐに朔也に注がれる。

澪人は挨拶《あいさつ》をするよう目配《めくば》せをした。

「はじめまして、三善朔也と申します。この組織の一員になれて本当に嬉《うれ》しいです。がんばりたいと思っていますので、これからどうぞよろしくお願いいたします」

そう言い切って、朔也は再び頭を下げた。

皆も同じように頭を下げながら、釈然としない様子だ。

面白くない、歓迎しかねる、そんなムードが広間を包んでいる。

「えっと……」

朔也は戸惑い、再び目を泳がせる。

パンッ、と澪人が強く手を打った。

一瞬にして空気が変わり、皆の視線は自然と澪人に集まった。

「何か異存が？」

澪人は微笑みながら訊《たず》ねる。

即座に、一人の若い陰陽師が立ち上がった。

「それなら、言いたいことがあります！」

彼の名前は、遠藤卓《えんどうすぐる》。長めの前髪にそばかすが印象的な二十歳の青年だ。

「なんでしょう？」

澪人の口角は上がっていたが、目は笑っていない。

滲《にじ》み出る怒りのオーラを前に、遠藤は体をびくんとさせて立ち尽くした。

他の皆も凍り付いたように固まっている。

だが隣に座る朔也だけは露骨に顔をしかめ、呆《あき》れたように息を吐き出す。

「もう、賀茂くん、そんな恐怖政治みたいなことしちゃダメだと思うけど」

「恐怖政治って。僕はただ訊《き》いただけや。わだかまりがあったらあかんやろ」

「ただ訊いただけって……超怖かったけど。めっちゃ怒ってたよね？」

「それは、三善君が……」

二人のやり取りを目のあたりにし、陰陽師たちは顔を見合わせる。

張り詰めていた場の空気が緩み始めていた。

扉の前に座っていた市川が、こほん、と咳払《せきばら》いをする。

「恐怖政治は良くないという三善さんの言葉は一理ありますね。ですが、澪人さんが仰《おっしゃ》ったように、わだかまりがあるのもよくありません」

市川は今も立ったままの遠藤を見て、話を続ける。

「では、遠藤さん、発言してください」

彼はすっかり気圧《けお》されていて、口を開きそうにない。

場が微妙な空気になった時、

「では、代わりに発言を失礼いたします」

と、一人の陰陽師が立ち上がった。

彼の名前は、葛葉《くずは》久義《ひさよし》。二十代前半、澪人より少し年上と思われる若い陰陽師だ。

細身の体に眼鏡、髪は明るめでウェーブがかっている。

「お二人の仲がよろしいのは分かりました。ここにいる陰陽師たちは澪人さんに尊敬と畏怖《いふ》の念があり、近寄りがたさを感じています。今の遠藤君のように言いたいことも言えない者が多い。そんな中、澪人さんにポンポンものを言える存在がいるというのは、好ましいと思います」

　ですが、と葛葉は眉を顰める。

「彼……三善君からは、まったく力が感じられません。それなのに頭の片腕というのは、どういうことでしょうか？」

　頭とは、審神者頭である澪人のこと。

　審神者はエリート陰陽師集団の中でも、さらに力のある者が選ばれる。

　その精鋭たちを束ねるのが審神者頭である。

「『片腕』て？」

　なんのことや、と澪人は、朔也を見た。

　朔也は「知らない知らない」と首を振る。

　それについて、市川が答えた。

「本部長が仰っていたんです。『今度入ってくる子は、澪人くんが自分の片腕にしたいて選んだ子なんやで』と」

　澪人は、はぁ、と気の抜けた返事をするも、

「そっかぁ」

朔也は、納得した様子だ。

「『審神者頭・賀茂澪人の片腕』と聞いて、どんなすごい奴が来るのかと思っていたら、俺だったから『なんでだよ』って状態になったわけなんだ」

独り言のようなつぶやきだったが、皆の耳に届いたようだ。

「そういうことです。あなたのオーラは一般人そのもの。どうして澪人さんの片腕になれるのか。力を見せていただけなければ、俺も皆も納得できないんですよ」

そう言う葛葉に、遠藤をはじめ、他の陰陽師たちも同意している。

朔也はそっと澪人を見た。

「賀茂くん、いいかな？」

澪人は、ええ、とうなずいた。

「そやけど、人や物を傷つけへんように」

了解、と朔也は立ち上がる。

「それじゃあ、力をお見せします」

と、朔也は素早く手を組み合わせる。

「ノウマク　サンマンダ……」

朔也が、不動明王《ふどうみようおう》の真言を唱え始めた。

次の瞬間、真っ赤な炎のようなオーラが朔也の体を包む。これまで、まったく力を感じさせなかった朔也の変わりように、皆は目を凝らした。

「バザラダンカン！」

そう叫んで、朔也は右手を伸ばした。炎のようなオーラは白い色に変化し、腕から勢いよく飛び出た。それは白虎の形となって轟音《ごうおん》を立てながら陰陽師《おんみょうじ》たちの頭上を周回し、ぐるりと周って、朔也の手の中へと戻った。

「…………」

葛葉は呆然《ぼうぜん》と立ち尽くし、遠藤は腰を抜かしたように座り込んでいる。

他の皆は、目と口を大きく開いて絶句していた。

「あの、これで大丈夫ですかね？」

朔也が訊ねると、葛葉は額に滲んだ汗を手の甲で拭《ぬぐ》い、

「ええ、正直、驚きました。大変失礼いたしました」

そう言って腰を下ろす。

他の陰陽師たちは言葉も出ない様子で、呆然としていた。

「彼の雰囲気は一見、普通の人やさかい、皆が戸惑ったのも分かります。そやけど、今見た通り、とても強い力を持ったはる。彼は力を内側に秘めていて他の者に悟らせへんのや」

澪人が説明すると、陰陽師たちはざわめきだした。

「話には聞いたことがあるけど、実際に会ったのは初めてだ」

「町ですれ違っても気付けないな」

「力を隠しておけるというのも、すごい力だな」

そんな声が届いて、朔也はばつが悪そうにする。

「わざとやってるわけじゃないんだけどねぇ」

澪人は、朔也の方を向いて、にこりと目を細める。

「才能てそんなもんやさかい。そや三善君、前は自分の体内エネルギーをそのまま使《つこ》うてたけど、今はちゃんと神仏のエネルギーを召喚できるようになったんやね」

そうなんだよね、と朔也は照れたように頭を掻《か》いた。

「自分自身のエネルギーを放出するって消費が激しいし、コツがつかめたら神仏の力を召喚する方がずっと楽だよね」

「あらためて、それだけの力を持ちながら、霊感を悟らせないのも大したものや」

「いやいや、だからそれはわざとやってるわけじゃないからさぁ」

かつて朔也は、同居している悪徳霊能力者に自分が持つ力を知られないよう、まるで息を潜めるように生きてきた。そのため、彼の持つ雰囲気は一般人そのもの。同じ霊能力者にあなどられることもあるが、悪霊を前にした際は、相手を油断させる武器にもなる。

澪人と朔也が笑い合っていると、

「遅れてしもて、かんにんやで」

ひょいと白髭《しろひげ》白髪の好々爺《こうこうや》——西の本部長が顔を出した。

彼は皆の様子を見て、ははは、と笑う。

「なんや、歓迎ムードやな。つい『澪人くんの片腕が来るし』て余計なことを言うてしもて、みんなピリピリし出したさかい、どないしよと思ってたんやけど」

良かった良かった、と本部長は広間に入るなり、胡坐《あぐら》をかく。

「けど、なんで僕の片腕てことで、ピリピリするんやろ？」

この世界は基本的には実力主義。たとえ片腕になったからといって、贔屓《ひいき》をされて出世が早まるというわけではない。

事実、ここにいる市川は本部長の片腕のようなものだが、審神者ではなく陰陽師のままだ。

もう、と朔也は肘《ひじ》で、澪人を突《つっ》く。

「みんな賀茂くんの片腕になりたいんだよ。それなのに、得体の知れないポッと出が片腕になるって聞いたら面白くなく思って当然じゃん」

え……、と澪人は眉根《まゆね》を寄せる。

「賀茂くん、みんなに愛されてるんだねぇ」

ストレートな言葉に、陰陽師たちはほんのり頬を赤らめて目をそらす。

本部長が、うんうん、とうなずいた。

「そやねん、そういうことやねん。うちの頭はみんなのアイドルや」

「アイドルて」

澪人は弱ったように肩をすくめ、気を取り直すように座り直した。

「ほんなら、これから定期報告会に入ります。三善君は皆の後ろへ」

朔也は、はーい、と言って、立ち上がる。

前列は審神者《さにわ》たちで、後方は陰陽師。新人は最後方だ。

朔也は部屋の端を歩き、一番後ろの列に座る。

「では、報告を」

扉の側に座っていた市川が、こほん、と咳払《せきばら》いをして茶封筒の中から紙の束を取り出した。それは、各所から届いた報告をまとめたものだ。

「最近、心霊現象に遭遇する一般人が急増しました」

その言葉に、皆の後方にいた朔也がハッとしたように口に手を当てる。

朔也のその大きなリアクションは澪人の目に留まったが、今は反応せずに市川に視線を向けた。

「急増て、どのくらいです？」

「前年に比べて、三倍近い報告が入っています」

三倍？　と大広間がざわついた空気に包まれる。

「結界が張り直されたはずなのに」「もしかして、また綻《ほころ》びが」「どういうことだ」

皆が口々に囁《ささや》き合う中、朔也が後方で控えめに挙手をしている。

「三善君、どうぞ」

はい、と朔也が立ち上がった。

「皆さんも知ってると思いますが今、老若問わずに『動画配信』が流行してますよね。配信者たちの中には、再生回数や登録者数を稼ぐために有名な『心霊スポット』にわざわざ行って実況放送する人もいるんです。そしてその動画を見た人たちが興味本位でそこへ行ったりと、悪循環を生み出してるみたいで」

あー、と澪人は顔をしかめる。

「そら、絶対あかんやつや」

市川も、ええ、とうなずく。

「わたしの調査でも原因はそれで間違いないかと。危なかしい配信者をピックアップしましたので、皆でチェックできたらと思います」

そう言うと市川は巨大なモニターを用意し、パソコンを操作する。

『さーあ、今夜はこれから、あの有名な病院跡地に突撃しようと思います。うわぁ、ムードあるぅ』

動画を確認しながら、

「こら、前途多難や」

と、澪人は額に手を当てた。

二

報告会が終わり、一同は解散となった。陰陽師たちは立ち上がり、わらわらと大広間を出て行く。衣擦《きぬず》れの音が響く中、

「賀茂くんっ」

一番後ろの列にいた朔也は上座へと歩み寄ってきた。

「なんやろ」

「あのさ、報告会での話って、みんなに知らせても良いのかな？」

と、朔也は小声で訊《たず》ねる。

もちろんや、と澪人はうなずいた。

みんなとは、櫻井小春、水原《みずはら》愛衣《あい》、安倍由里子、賀茂和人《かずと》のこと。

チーム『ＯＧＭ（拝み屋）』だ。

澪人は、『ＯＧＭ』を、陰陽師組織に負けないチームだと自負しており、自身の判断で必要な情報を『ＯＧＭ』に伝える許可を、本部長に取っている。

良かった、と嬉《うれ》しそうにしていると、

「三善さん」

背後から声を掛けられて、朔也は振り返った。

葛葉が微笑みながら、歩み寄ってきている。

その後ろには遠藤の姿もあった。

「先程は失礼しました」

朔也の前まで来て、葛葉はそっと頭を下げた。ゆるくウェーブがかった明るめの髪がふわりと揺れる。この髪のように、いつもの彼はふんわりとした雰囲気だ。

遠藤も無言で頭を下げていた。

いえいえ、と朔也は首を振る。

「まったく力がなさそうな一般人が、いきなり審神者頭の片腕となったら、戸惑うのは当然っす」

「いやはや、本当にその通りで。でも、君の力には驚かされました。素晴らしい」

そう言って葛葉は眼鏡の奥の目をにこりと細める。

手放しで褒められた朔也は、「いえ、そんなぁ」と嬉しそうに顔を綻ばせた。

「どうか、澪人さんのサポートをよろしくお願いいたします。彼は陰陽師《おんみょうじ》の希望の光だと思っているんです」

「希望の光？」

澪人と朔也は揃って訊《き》き返す。

「そうです。まるで古《いにしえ》の陰陽師が現代に蘇《よみがえ》ったかのような力、加えて人間離れした美《び》貌《ぼう》、それでいて人格者です。こういう方が組織にいる。だから、我々はがんばれるんです」

胸に手を当てて語る葛葉の熱のこもった言葉に、近くにいた遠藤や他の陰陽師たちが、うんうん、とうなずいている。

「さすが、賀茂くん……」

朔也が呆然《ぼうぜん》とつぶやく横で、澪人は弱ったように目をそらしていた。

「いやぁ、葛葉さん、熱かったね」

大広間を出て、審神者頭の書斎へ向かって歩きながら、朔也はしみじみと言う。

「……そやね」

「あの人は、どういう経緯で組織に入ったの？」

「彼は三世やねん」

「三世って、親子三代で陰陽師ってこと？」

「お父さんは普通の人やったそうやけど、お祖父《じい》さんが本部長と同期の陰陽師やねん。ほんで、彼は小さい頃から特別な力があったそうや。まるで昆虫採集をするように妖《あやかし》を見付けては楽しんでたて話やねん」

「へぇ、そういう経緯で入隊する人もいるんだね」

「入隊て……入組《にゅうそ》やし」

そんな話をしながら、二人は書斎に入った。

「さーて、OGMのグループ板にメッセージしようっと」

朔也はいそいそとスマホを取り出す。早速、今日の報告をするつもりなのだろう。

スマホの画面を目にするなり、あれ、と朔也は、目を瞬《またた》かせた。

「愛衣ちゃんたちからメッセージが入ってるよ」

その言葉を聞いて、澪人も自分のスマホを確認した。

『今夜は、櫻井家をお借りして、朔也の顔見せお祝いをするよーっ』

『でも、本部で宴会がある場合は、こっちで勝手にやっているので気にしないでね』

『おめでとう、朔也』

愛衣、小春、由里子の順でメッセージが届いていた。

朔也は画面を眺めながら目を潤ませて、澪人を見た。

「どうしよう、嬉しい」

澪人はそっと口角を上げて、朔也の背に手を当てる。

「みんな喜んでくれてるんやね」

「ね、賀茂くん。せっかくだから、この姿のまま櫻井家に行こうか」

狩衣《かりぎぬ》の袖《そで》をつかみながら朔也は振り返る。

「好きにしたらよろしい。僕は遠慮するし」

「そんなぁ。一緒に水干《すいかん》姿で帰ろうよ」

「いやや」

ええー、と朔也は楽しそうな声を上げた。

結局二人は普段着に着替えて、西の本部を出た。

川端通《かわばたどおり》からバスに乗って祇園《ぎおん》に向かうこともできるが、少しでも早く帰ろうと京阪《けいはん》電車『神宮丸太《じんぐうまるた》町《まち》』駅から電車に乗り込む。

あのさ、と朔也は手すりをつかんで、横に立つ澪人を見た。

「最初に立ち上がった陰陽……前髪長いお兄さん、名前なんていったっけ？」

朔也は『陰陽師』と言おうとしてすぐに言い換えた。

車内には乗客も多く、女性たちの視線が集まっているのを感じたためだ。

「遠藤卓君や」

「そうそう、遠藤さん。あの人は力があるの？」

「まあまあやな。あの人も二世で、十六歳から組織にいてるんや」

「十六歳！　組織っていくつからでも入隊できるのかな？」

そやから入組やし、と言って、澪人は首を振る。

「昔は小さな子どもも歓迎やったんやけど今は時代に合わへんし、基本的には十六歳以上やな」

「女性は？」

「いいひん」

「えっ、いないの？　もしかして女人禁制？」

「そないなことはないんやけど、昔から男ばっかりやな。ま、これも古い組織が故で、そのうちに変わってくるやろ」

だねぇ、と朔也は首を振る。

「でも女性が入ったら、さらに賀茂くんを巡ってトラブルに発展しそうだね。男ばっかの今もみんな賀茂くんが大好きで大変なのに」

「また、そないなことを……」

澪人は、ふぅ、と息をつく。

「あの葛葉さんって人だって、賀茂くん大好きって感じだったじゃん？」

「普通に仕事仲間で、そないなことあらへん。そもそも好かれるようなことしてへんし」

「まったく、賀茂くんは変なところにばかり敏感で、人の心の機微とかには、ほんと鈍感だよね」

やれやれ、と朔也は肩をすくめた。

二人の会話を盗み聞きしていた女性たちは、『変なところに敏感』と小声で囁《ささや》いて、口に手を当てていた。

「…………」

澪人が恨めしそうに横目で見ると、朔也は悪びれもせず、ペロッと舌を出す。

「そういえば、葛葉さんも結構、力がありそうだったね」

「そやね。近いうちに出世するやろて囁かれてる人や」

出世とは、審神者《さにわ》になることだ。

「へぇ、やっぱりそうなんだ」

「けど、彼はまだ出世しとないて、本部長に報告してるて話やけど」

「なんで？」

「出世したら中間管理職になるようなもんで、指示することの方が多くなるんや。彼は気力、体力があるうちは、現場で働いていたいて思てるそうや」

なるほどねぇ、と朔也は洩《も》らす。

「その気持ち分かるなぁ。俺も指示する側よりも自分で動きたい、って思うし……。彼、ちょっと俺と似たところがある気がする」

「ほんまやね。そもそもの動機とか一緒やし」

「動機？」

もっと詳しく聞きたかったが、ここが電車の中なため、朔也は思い留《とど》まり、話題を変えた。

「そういえば俺、葛葉さんのこと見たことがある気がするんだ。賀茂くんのお披露目会とかで会ってたのかな？」

朔也が記憶を探るように首を捻《ひね》っていると、澪人は、そうやね、とうなずく。

「その時もいたし、あと、葛葉さんは、うちの学校——学徳《がくとく》学園大学部の院生やねん。ほんで見かけたことがあるのかもしれへんし」

えっ、と朔也は驚いたように、澪人を見た。

「あの人も学徳だったんだ……」

「そや、ずっと学徳やて話や」

「ね、葛葉さんが入組したのは、いつ頃？」

「大学生になってからて話やな」

そんな話をしていると最寄りの『祇園四条《ぎおんしじょう》』駅に着いた。

電車を降りる二人の姿を、乗り合わせている女性たちが露骨に目で追っている。

「いやぁ、ビックリするくらい視線を感じたね。さすが賀茂くん。いつもあんな感じなの？」

「そないなことあらへんよ。三善君を見てたんとちゃう？」

「いやいや、俺も一人の時はあんなに見られないよ」

朔也はそう言いながら、改札を出て、「あっ」と振り返る。

「もしかして、俺たち二人だったからじゃないかな。イケメンも一人じゃあ露骨に見られないけど、二人揃ったらまた違うというか」

はあ、と澪人は興味なさそうな声を出す。

「やっぱり、コンビでデビューするしかないかな。本部長もアイドルって言ってたし」

階段を上り、地上に出ると、夕暮れの空が広がっていた。

目の前に南座《みなみざ》が見える。

大きな真っ赤な提灯《ちょうちん》には、『南座』と黒字で記されている。桃山《ももやま》風破風《はふ》造の情緒ある和風の劇場は、日が暮れるとライトアップされていて、幻想的な雰囲気だ。

「あそこを舞台に歌って踊るとか」

澪人はそんな朔也の言葉を無視して東に向かってスタスタと歩く。

「あ、待ってよ、賀茂くん」

澪人は、そうや、と話題を変えた。

「あの時、三善君が出したエネルギー、白虎の姿やったけど、あれはイメージしてたんやろか？」

すると、朔也は明るい顔で、そうなんだ、と首を縦に振る。

「自分のエネルギーは『虎』にしたいと思って、最近イメトレしてたんだ。今日は上《う》手《ま》く行って良かったよ」

「なんで、『虎』やったん？」

「賀茂くんのエネルギーが『龍《りゅう》』っぽいから、俺はそれ以外で、と思ったんだよね。最初は俺は伏見っ子だし、『狐』がいいかなと思ったんだけど、そのたびに、コウメの嫌そうな顔が頭を過《よぎ》ってさぁ。さすがに気のせいだと思うんだけどね」

「いや、そら、気のせいやないやろ」

やっぱり？　と朔也は笑う。

「で、比叡山の延暦寺《えんりゃくじ》に白い虎の像があるから、『白虎』がいいなぁって」

「……延暦寺にそないな像があったやろか？」

「国宝殿にあるんだ」

「ああ、あそこなら、あったかもしれへん」

二人は、他愛もない話をしながら、北へと曲がる。

少し歩くと白川《しらかわ》と辰巳稲荷があり、澪人と朔也は社に会釈をして、前を通り過ぎた。

コウメではない白狐の精霊たちが、バイバイと手を振っている。

裏通りに入ると、和雑貨店『さくら庵』が見えた。まだ暖簾《のれん》はかかったままだ。

朔也は「こんばんは」、澪人は「ただいま」と言って、暖簾をくぐると、

「あっ、そうか、賀茂くん、今ここに住んでるんだもんね。『ただいま』なんだよね」

朔也は今思い出したように言って、「同棲《どうせい》っ！」とわざとらしく口に手を当てた。

「お疲れ様やな、二人とも」

店内には吉乃だけだ。木製カウンターの前で、にこにこと笑っている。

「他の皆は二階ですか？」

「そやで、わいわいみんなで夕飯の準備してるし。私もそろそろ店仕舞いにしよう、思ってたところや」

吉乃は、よいしょ、と腰を上げる。

「店仕舞いは僕がしますさかい、吉乃さんは先に上へ行っててください」

澪人がそう言うと、吉乃は「ほんま？」と嬉《うれ》しそうに目《め》尻《じり》を下げる。

「ほんなら、私も夕飯の支度、手伝ってくるし」

そう言って二階へと上がっていった。

「俺も店仕舞い手伝う。暖簾を外して中に入れればいいんだよね？」

「そやね。おおきに」

澪人は棚から大きな布を取り出して、什器《じゅうき》の上にかけていった。

しっかりと施錠して、板張りの階段を上る。

二階に上がると、並んでいる和室の襖《ふすま》をすべて取り外して、大広間になっているのが見えた。

澪人と朔也はまず洗面所に直行し、手を洗ってから部屋に顔を出した。

「お待たせーっ」

朔也が声を張り上げると、愛衣と由里子と和人が「お疲れ様」と振り返った。

連なったテーブルには、ホットプレートと、大皿には手作り餃子《ギョーザ》が並んでいる。

「わっ、餃子じゃん！」

朔也は目を輝かせて、前のめりになる。

愛衣と由里子は、得意げに胸を張る。

「そう、今夜は餃子パーティなの」

「肉餃子、海老《えび》餃子、野菜たっぷり餃子と色々作ったわよ」

「めっちゃ嬉しい」

澪人は話を聞きながら、小春の姿を目で探す。

「大丈夫、重くない？」

台所の方から小春の声がして、澪人は顔を向ける。

小春はトレイにコップを載せて運んでいて、その隣には千歳の姿があった。

千歳は2リットルのペットボトルを二本、抱えるように持っている。

「全然、大丈夫だよ」

千歳はテーブルの上にペットボトルを置き、ふぅ、と息をつく。

「あっ、やっぱり重かったんでしょう」

ふふっと笑う小春に、千歳は「平気だって」と笑っている。

朔也は千歳の姿を見て、おっ、と声を上げた。

「その子は、もしかして噂の千歳くん？」

千歳は、はい、と姿勢を正して、朔也を見上げる。

「はじめまして、藤原千歳です。よろしくお願いいたします」

「どーも。俺は三善朔也です。俺のことは、『朔也くん』って呼んでもらっていいから。先輩を『くん付け』で呼ぶのは、アイドルの習わしだし」

「アイドル？」

千歳は小首を傾げ、気にせんでよろしいし、と澪人がすかさず言う。

そして、と朔也は胸に手を当てた。

「俺はこれでも一応、組織の陰陽師《おんみょうじ》なんだ」

「はい、今日は入組のお祝いなんですよね」

そうなんだよぉ、と朔也は照れたように頭を掻《か》く。

「朔也、顔見せの会はどうだったの？」

「私も聞きたかったわ」

愛衣と由里子が興味津々で詰め寄ると、吉乃が「まあまあ」と手をかざす。

「まずはみんな、座りよし」

鶴の一声ならぬ、吉乃の一声だ。

落ち着きのない様子を見せていたメンバーは素直にうなずく。テーブルを挟んで窓際に吉乃、千歳、小春、澪人、通路側に朔也、愛衣、由里子、和人の順に並んで着席した。

小春はふふっと笑って、菜箸《さいばし》を手にした。

「それじゃあ、ホットプレートに餃子を並べようか」

「うん、並べよう」

皆はテーブルを囲み、協力して熱したホットプレートに餃子を配置していく。

餃子の底面に焼き色がついた頃、片栗粉をまぜた水を入れて、蓋《ふた》をした。

蒸し焼きにしている間、皆は各々《おのおの》、コップにお茶やジュースやビールと飲み物を注いでいく。

水蒸気が立ち上り、蒸発音が落ち着いた頃、蓋を開けると見事に餃子が焼き上がっている。

皆は、わあ、と目を輝かせた。

「それじゃあ、乾杯やな」

「朔也を祝って」

乾杯、と皆はグラスをかざし、ごくりと一口飲む。

そのまま、「いただきます」と手を合わせて、食べ始めた。

片栗粉入りの水を入れたため餃子は羽根つきだ。

パリッと焼き上がっていて、食べると肉汁が溢《あふ》れ出て、皆揃って「美《お》味《い》しい」と目を細める。

「ジューシィ！」

「ホットプレートだと大量に焼けていいよね」

「あっ、ご飯おかわりあるから言ってね」

そんな言葉が飛び交うなか、千歳は少し圧倒された様子ながらも、嬉しそうだ。

「でっ、どうだったの？」

愛衣は気になって仕方がないように、隣に座る朔也をジッと見る。

しっかりと目が合い、朔也は「それがさぁ」と落ち着きなく目をそらした。

「俺、オーラないから、『お前なんて認められない』みたいな感じで言われちゃってね」

ええっ、と愛衣と由里子は目を剝《む》いた。

「皆の前で力を披露することになってさ。こうやって」

と、朔也は立ち上がり、顔見せ会での模様を少し脚色しながら、面白おかしく話す。

皆の輪の中心にいる朔也を見ながら、澪人は口角を上げた。

きっと組織でも良いムードメーカーになってくれるだろう。

ふと、澪人が横を向くと、千歳は興味深そうに話を聞きながら、小春に耳打ちしている。

「やっぱり朔也くんって、僕と同じタイプなんですね」

うん、と小春はうなずく。

「二人とも力を内側に隠しているタイプだよね」

小春はそう言うと、千歳の空になっている皿に視線を落とした。

「千歳くん、いっぱい食べてね」

小春は菜箸を使って、ホットプレートの餃子を千歳の皿に置いていく。

ありがとうございます、とはにかみながらも、千歳の箸は進んでいない。

小春は心配そうに顔を覗《のぞ》いた。

「もしかして、食欲なかった？」

千歳は、ふるふると首を横に振った。白銀の髪がさらさらとなびく。

「すごく楽しくて、なんだか胸がいっぱいで。お腹は空《す》いているんだけど」

「そうだったんだ。それじゃあ、ゆっくり食べてね」

「うん、ありがとう、小春さん」

千歳は、嬉しそうに小春を見上げる。

まるで姉弟《きょうだい》のような二人のやり取りを、皆は微笑ましく見守っていたが、澪人だけは落ち着かない気持ちだった。

「ちょっ、賀茂くん、なんだかすごい面白くなさそうな顔してるけど」

朔也の突っ込みに、無自覚だった澪人は「えっ？」と戸惑う。

「澪人のやきもち顔、たまらないなぁ。心のアルバムに永久保存だ」

「心のアルバムって……和人さん、相変わらずね」

「澪人さんは子どもが相手でも容赦なくやきもちを焼くんですね」

次々にそう言う皆を前に、

「そんなんとちゃいますし」

澪人は首を振り、こほんと咳《せき》ばらいをした。

「そうや。大事な話があったんや。本部に届いた報告なんやけど……」

澪人がそう言うと、場に緊張が走り、皆は座り直した。

いややな、足を崩したままでええよ、と澪人は笑う。

「此度《こたび》の会合で、最近心霊現象の報告が増えてるのが分かったんや」

その報告を聞き、愛衣が不思議そうに訊《たず》ねた。

「でも、京の町ってたしか結界が張り直されたんですよね？」

「そうだよね。それなのにどうして？」

和人も、うんうん、と同意する。

澪人は残念そうに眉尻《まゆじり》を下げた。

「結界はもちろん張られたままや。あの結界は、いわば魔界に続く扉を閉めた状態やねん。元々この地に根付いていた呪いや悪霊は残ったままなんや。もちろんそれらは結界がなかったら魔が増幅されてより強大になるさかい、結界はかなり役に立ってるんやけど、元からあるもんはそのままていうことや」

言われてみればそうよね、と由里子は真剣な表情で相槌《あいづち》をうつ。

「でも、どうしていきなり心霊現象が増えたのかしら……」

不可解そうにつぶやいていると、愛衣が「あっ」と口に手を当てた。

「もしかして、動画配信者の影響じゃないですか？」

「さっすが、愛衣ちゃん」

と、朔也が指を鳴らし、ほんまやね、と澪人はうなずいた。

「愛衣ちゃんの言うように、昨今、動画配信者が増えてて、彼らは禁足地にも足を踏み入れてる。せっかく眠ってくれていたものを起こすことにもつながってるんや」

和人は、うわぁ、と顔をしかめた。

「まさに、罰当たりだなぁ」

吉乃だけは、動画配信というものをよく分かっていないようで、小首を傾げている。

「ほんで、食後に配信者のチェックをしようて思うんやけど、かまへんやろか？」

澪人の問いかけに、皆は「はいっ」と声を揃えた。

三

餃子《ギョーザ》を食べ終え、皆で一斉に後片付けをした。

ホットプレートと食器を下げ、洗い、テーブルを拭《ふ》いていく。

アッという間に、大広間はとても綺麗《きれい》な状態になっている。

「そうや、宗次《そうじ》朗《ろう》から差し入れが来てたんや」

吉乃はお茶の用意をしてから、新作やって、とテーブルの上に大きな箱を置く。

「結構、大きな箱だね。宗次朗さんの新作、なんだろう？」

小春は目を輝かせながら、箱に手を伸ばす。

「また狐ものかな？」

「秋だから栗かも」

皆も期待しながら箱に注目する。

開けると、中には――、

「黒い鯛焼《たいや》き？」

一見すると、鯛焼きだ。一般的な鯛焼きの半分の大きさで、色は黒い。よく見ると、鯛ではなく、金魚だった。

「金魚焼きだ！」

金魚焼きと一緒に、いくつか小瓶が入っていた。中には『餡《あん》』『クリーム』『練り栗』『胡桃《くるみ》入りキャラメル』などが揃っている。

吉乃は、へえ、と洩《も》らす。

「この金魚焼き、中にはなんも入ってへんで、自分で詰めるみたいや」

「うわぁ、楽しそう」

「小さいから、色々試せるね」

皆でわいわい、金魚焼きの中に、好みのあんを入れていく。

遠慮がちだった千歳も、楽しそうに『餡』を詰めて、口に運ぶ。

その瞬間、ギュッと目を瞑《つむ》った。

「すごく美味《おい》しい！」

金魚焼きは、生地の外側はサクサクパリッとしていて中はもちもちしている。

「それに、作った人のエネルギーがすごくて、元気をもらえるね」

しみじみと言う千歳を見ながら、この中で特に霊感のない愛衣と和人は「分かるんだ」と息を呑《の》んだ。

「千歳くん、王道の『餡』に、『クリーム』を足すと無敵になるよ」

「わっ、『胡桃入りキャラメル』最高」

「『栗』は鉄板だよね」

何を入れても美味しく、皆はあれこれと試しながら食べていく。

ほんなら、と澪人がテーブルの上にタブレットを置いた。

「今日の会合で、皆で色んな配信者をチェックしたんやけど、取り急ぎはこの人やな」

そう言って、澪人は動画を再生する。

『現代に蘇《よみがえ》った安倍晴明・巫狐《みこ》』

「…………」

そのタイトルを目にするなり、皆は揃って目を丸くした。

「まぁ、タイトルそのままなんやけど、『自称・安倍晴明の生まれ変わり』が、京都を中心に有名な心霊スポットに行って、お祓《はら》いの真似事をしてるんや」

そうなんだよ、と朔也が話を引き継ぐ。

「この人、最初は祝詞《のりと》をあげてて、『おっ』と思ったんだけど、それは本当に最初だけで、後からはごにょごにょ言って誤魔化したり、『かーっ』とか『きえーっ』と叫んだりしてるんだよね」

由里子が青褪《あおざ》めながら、口に手を当てた。

「やだ、この人、いっぱいもらってきてるじゃない」

小春も苦々しい表情で、うなずいた。

「肩とか首の周り、真っ黒ですね」

「そんなふうに見えるんだ」

と、愛衣が前のめりになる。

「他にもあかん人はいてたんやけど、この人は、週に一度動画を投稿してててペースが危険やし、このままだとその内、ほんまに行ったらあかんところに行く感じや。なんとかしぃひんと」

そりゃ、大変だね、と和人が腕を組んだ。

「にしても、現代の安倍晴明を名乗るなんて大胆不敵だよね。由里子さんの伯父様《おじ》に叱ってもらうとか」

和人がニッと笑って、由里子に視線を送ると、彼女は首を振った。

「伯父様は、『自分も所詮《しょせん》、子孫の端くれやさかい』ってよく言ってるから、晴明云々《うんぬん》では『そないな権利あらしまへん』って言って叱ったりはしないと思うわ。それよりも、千歳くんでしょう？」

千歳が安倍晴明の生まれ変わりであることは、チームの皆が知っていた。

千歳は弱ったように身を縮ませる。

「若宮様はそう言ってくれましたけど、僕には前世の記憶もないし、まるで実感がなくて……。僕こそそんな権利はないというか」

それに、と続ける。

「自分のことはよく分からないんですけど、安倍晴明の生まれ変わりは他にもいると思います」

どういうこと？　と愛衣は首を捻《ひね》った。

「だって千歳くんがそうなのに、他にもいるの？」

はい、と千歳はうなずく。

「『分霊《わけみたま》』と言いまして、生まれ変わりが一人とは限らないんですよ」

へえええ、と愛衣と和人が声を揃える。

「知らなかった」

「魂が分裂するってことだよね」

信じられない、と洩らす二人に、澪人が補足する。

「分霊は時として、『あの人の魂を引き継ぎたい』という願いに乗っかって起こることもあるさかい、名の知れた人に起こりやすいんや」

「なんだか不思議です。ということは、この動画の人が晴明の生まれ変わりってこともありえるということですか？」

愛衣は今も流れている動画に目を向ける。

自称・現代の安倍晴明・巫狐の出《い》で立ちは陰陽師《おんみょうじ》という設定をしっかり守り、狩衣《かりぎぬ》姿だ。烏帽子《えぼし》に狐の面をかぶっているため、顔は分からない。

彼は、廃墟《はいきょ》の前に立ち、『きえええ』と金切り声を上げていた。

「……やっぱり、これは伯父様に怒ってもらうべきかしら……」

由里子がぽつりとつぶやくと、千歳は思わずという様子で噴き出した。

慌てて口を押さえた千歳に、由里子はふふっと笑う。

「そういえば、千歳くんはどこに住むことになったの？」

「お祖母《ばあ》ちゃんがせっかくだからって、晴明神社の近くの部屋を探してくれて……」

「あら。それなら、うちからも近いわ。私の大伯父には会った？」

「まだです。落ち着いたらご挨拶《あいさつ》に伺いたいと思ってます」

「その時は案内するわ」

「はい、よろしくお願いします」

千歳は、にっこり笑って頭を下げる。

千歳はあっさりした顔立ちのため、表情がないと冷たい印象を与える。

だが、笑顔になるとその目は三日月のような曲線を描き、愛らしい印象に変わった。

向かい側で見ていた由里子と愛衣はキュンとしたように胸に手を当てる。

「うっ、千歳くん、たまらないわね」

「ほんとです」

目の前で褒められ千歳は気恥ずかしくなったように顔を伏せ、金魚焼きをもくもくと食べる。一気に口の中に詰め込んだため、ごほっとむせた。

「ほら、そんなに詰め込むから」

小春は笑いながら千歳の背中をトントンと叩《たた》く。

「小春さんのそういう姿、まるでお母さんみたいだね。少し懐かしい気分になった」

しみじみと言う和人に、小春は笑い、由里子は「えっ？」と目を瞬《しばた》かせる。

「懐かしいって。どういうことですか？」

ごめんと和人は手をかざした。

「みんなにはまだ話してなかったよね。僕の前世は、澪人と小春さんの息子なんだ」

ええっ!?　と一同は驚きのけ反った。

吉乃だけは察していたのか驚いたようでもなく、ふふっと笑って、金魚焼きを口に運んでいる。

「あー、そういうことだったのね……」

由里子は独り言のように囁《ささや》いた。

その声には安堵《あんど》の色がこもっていて、和人はいたずらっぽく笑って由里子の顔を覗《のぞ》いた。

「安心してくれた？」

「あ、安心だなんて」

由里子は頬を赤らめて目をそらし、気恥ずかしさを誤魔化すように話を続けた。

「でも、そうだったのね。小春さんと澪人さんは前世で夫婦で、その子どもが和人さんだった……」

「なんか、ロマンチック」

愛衣がうっとり目を細める。

そんな二人を前にして、小春は頬を赤らめ、澪人は弱ったようにお茶を飲んだ。

ほんわかとした空気が場を包んでいたが、でも、と千歳が口を開いた。

「前世で夫婦だからと言って、今世で夫婦になるとは限らないと思うんです」

皆は、千歳に注目する。

もしかして、と朔也が目を輝かせた。

「賀茂くんへの宣戦布告とか？」

「宣戦布告というつもりじゃないんですけど……年齢の差はありますけど、僕にだってチャンスはあると思うんです」

おおっ、と皆は顔を見合わせる。

「そら、チャンスは誰にでもあると思います……」

澪人が苦笑して答えると、

「余裕、なんですね」

千歳は面白くなさそうに眉根《まゆね》を寄せた。

「え、澪人は全然、余裕ないと思うけど」

すかさず言った和人に、ですよねぇ、と朔也はうなずく。

「でも、意外にも千歳くんにはそれが分からないみたいっすね」

「恋は盲目ね」

「なるほど、千歳くんも恋する男の子なんですね」

和人、朔也、由里子、愛衣はボソボソと話し、吉乃は面白いものを観察するように頬を緩ませている。

当の小春はというと、弱ったように笑った。

「千歳くんは、まだまだ小さいから……気持ちは変わると思うよ」

その言葉が面白くなかったのか、千歳は立ち上がって、澪人を見た。

「澪人さん、どっちが小春さんに相応《ふさわ》しいか、勝負をしませんか？」

勝負？　と澪人は眉根を寄せる。

「そうです。一回では難しいと思うので、三番勝負を。一番目はその『現代の安倍晴明』問題を片付けた方が勝ちとしませんか？」

「そないな勝負……」

澪人が顔を背けようとした瞬間、おおおっ、と朔也と和人が拳《こぶし》を握る。

「安倍家の子孫ＶＳ賀茂家の子孫！」

「澪人、負けたらだめだよ」

二人が煽《あお》るも、澪人は気乗りしない表情のままだ。

「もしかして、不戦敗ですか？」

「これは真面目に取り組まなあかん問題や。ゲームやあらへん」

ぴしゃりと言う澪人に、千歳は、ぐっ、と言葉を詰まらせた。

朔也と和人も「すみません」と身を小さくさせて正座する。

その時、吉乃が「おや」と窓の方を向く。

「千歳くんのお祖母様、迎えに来はったみたいやな」

そう言うや否や、インターホンが響いた。

千歳は面白くなさそうな表情のまま、ご馳《ち》走様《そうさま》でした、と頭を下げて、

「でも、僕は、その問題を解決してみせますから」

ありがとうございましたっ、と言って、広間を出ていった。

「あっ、千歳くん、そんなに急いだら危ないよ」

慌てて小春が後を追い、一緒に階段を下りていく。

「あれは千歳くん、本気で動き出しそうね」

「澪人さん、どうするんですか？」

ぐいっと詰め寄る由里子と愛衣。

「ほんま、色々と前途多難や」

澪人は静かにつぶやいて、大きな息をついた。

第二章　モダンな羊羹と除霊。

一

宗次朗の和菓子店は、伏見稲荷《いなり》参道商店街にある。その名も祇園の店と同じ『さくら庵』。元々、酒屋だったところを和菓子屋にリノベーションしているため、黒い瓦《かわら》屋根に白い壁が印象的な店構えだ。

店の仕事は、宗次朗の婚約者となった澪人の姉の賀茂杏奈《あんな》と、松原《まつばら》という四十代の男性が手伝っている。松原も賀茂家の人間だ。霊能力はさほど強くはなく、最近まで上賀茂《かみがも》にある賀茂邸の管理人などを務めていた。

今は、宗次朗の和菓子に魅了されて、開店準備中からここで仕事をしていた。

「こんにちは」

澪人と朔也が、伏見の『さくら庵』の暖簾《のれん》をくぐると、

「おっ、澪たんに朔也じゃないか」

カウンターにいた宗次朗が明るい笑顔を向けた。

ガラスケースの中はがらんとしていて、『この商品は完売しました』の札が連なっている。

朔也は、おおっ、とガラスケースに顔を近付けた。

「すっげ、ほとんど完売してる！」

「さすが盛況なんやね」

宗次朗は自信たっぷりに、そうだろ、と胸を張った後、小さく笑った。

「まぁ、無駄にしたくないし、あえて多めに作ってないのもあるんだけどな」

すると同じくカウンターの中にいた松原が、それだけじゃないですよ、と首を振る。

「いつも開店と同時にたくさんのお客様が詰めかけて、午後にはこの通りです」

「松原さんもお疲れ様です」

澪人が会釈をした横で、朔也が店内を見回している。

「あれ、杏奈さんは？」

「杏奈は仕事で留守なんだ。もし、お姉ちゃんに会いに来たんだったら、悪いな」

澪人は、嫌やわ、と苦笑した。

「別に姉さんに会いに来たんとちゃいますし」

「それじゃあ、お義兄《にい》たまに会いに来たんだ？」

　宗次朗が前のめりになると、朔也が、「そうでーす」と手を上げた。

「賀茂くんってば、色々参っちゃってて、宗次朗さんの顔見たくなったみたいで」

　参ってないですし、と澪人は顔をしかめる。

「今日は宗次朗さんの意見をもらえたら、て思うて来ただけで」

「またまた。素直じゃないなぁ」

　そんな二人の様子を見て、松原が愉《たの》しげに目尻《めじり》を下げた。

「仲がよろしいんですね。澪人さんが和人さん以外の方とそんな風に打ち解けたやりとりをするのを初めて見ました」

　そうやろか、と澪人は決まり悪そうにし、朔也は嬉《うれ》しそうに口許を緩ませた。

「私が店番をしていますので、宗次朗さんはどうぞ休憩なさってください」

　そう言った松原に、宗次朗は「悪いな」と答え、

「それじゃあ二人とも先に上がって上の客間で待っててくれよ」

　と、店の端の暖簾を指した。

　その向こうに二階へと続く階段があるのだ。

　澪人は「おおきに」と、朔也は「あざーす」と頭を下げて、暖簾をくぐる。

「――!」

その瞬間、澪人と朔也は目を丸くした。

階段をたくさんの白狐やうさぎが行き交っている。

じゃんけんをして遊んでいるもの、碁を打つもの、宗次朗はまだかと頬杖《ほおづえ》をついて待っているもの。

彼らはもちろん生き物ではなく精霊で、その姿は半透明だ。

――あれれ、知らない人たちだ。

澪人と朔也が階段に足を踏み入れたことで、精霊たちは、ふっ、と姿を消した。

「……ここは、精霊や眷属《けんぞく》神たちの憩いの場になっているんやな」

「いやはや、もふもふ天国だねぇ」

「好意的なオーラやし、商売も上向き間違いなしやろ。そういう意味でもまさにもふもふ天国やな」

「伏見に集う精霊たちを味方につけて、さらに運気が上向きになってるって、ほんと宗次朗さん、恐るべしだよね」

「ほんまやね」

階段を上りきったところには、薄茶色のうさぎがいた。鼻をひくひくさせて下を見下ろしている。

「あれ、この子は、生き物だよね？」

「そやで。姉さんがずっと飼《こ》うてる子や」

と、澪人は、指の甲でハルの額をそっと撫《な》でる。

ハルは嬉しそうに鼻をひくひくさせながら、耳を下げた。

「時々、精霊なのか生き物なのか、分からなくなる時あるよね」

「それやねん。うかつに口に出せへんし」

そうそう、と朔也は笑いながら目尻を下げて相槌をうつ。

「こういうことを共感してもらえるって嬉しいなぁ」

二階の客間は和室だ。

中央には艶《つや》やかに光る漆塗りのテーブル、モダンな蘇芳《すおう》色の和箪笥《わだんす》や棚、その上には大きな円形の水槽があり、金魚が生き生きと泳いでいた。

はーっ、と朔也は感心したように畳の上に座る。

「凜《りん》としているのに、心地よい雰囲気だね」

「ちょっと浅草の店の雰囲気と似てる」

「宗次朗さんの師匠の家？」

「そやねん。ほんまに師匠を慕っているんやな」

そんな話をしていると、「待たせたな」と宗次朗がトレイを手に客間に顔を出した。

「いえいえ、お仕事中、かんにん」

「客が引けたところだったし、ちょうど試作品ができたところで食べてもらいたかったから良かったよ」

試作品と聞いて澪人と朔也の顔が明るくなる。

宗次朗はトレイに載っている和菓子をテーブルに並べていく。

皿の上には一口サイズに切り分けられた濃い小豆《あずき》色の和菓子が載っていた。

「羊羹《ようかん》かな？」

と、朔也が嬉しそうに言う。

「ああ、商品名はまだ決まってないんだけど、言うなれば『洋風羊羹』だな」

「洋風？」

「まぁ、食べてみろよ」

上から見ると普通の羊羹だが、横に倒すと中にドライフルーツやナッツが入っているのが分かる。イチジク、イチゴ、オレンジ、クルミの断面がまるで模様のようだ。

澪人と朔也はおしぼりで手指を拭《ぬぐ》い、いただきます、と菓子楊枝《ようじ》を手にした。

一般的な羊羹よりも色が黒っぽい。そのため中のドライフルーツがより鮮やかに感じられる。口に運ぶと、黒糖の濃厚な甘み、ドライフルーツの自然な甘みと食感に、ほんのりとスパイスが混ざり合い、絶妙な味わいだ。

「こら、美味《おい》しい。大人のための贅沢《ぜいたく》なお菓子って感じや」

「うん、めちゃ美味。ギフトにも喜ばれそうだよね」

二人の感想を聞いて、宗次朗は「だろ」と得意げにうなずく。

「杏奈も『コーヒーにもお酒にも合う』って絶賛してくれたよ」

たしかに、と澪人は納得しながら、もう一口食べる。

「赤ワインや辛口の日本酒にも合いそうやね。酒好きな姉さんも好みそうや。そうそう、その姉さんは仕事て言うてましたけど、今は東京ですか？」

「いや、太秦《うずまさ》だよ」

太秦？　と朔也は小首を傾げたが、澪人はすぐに察した。

「映画《えいが》村《むら》で撮影してるんや」

「そういうこと。だから夜遅くには帰って来てるよ。今度は歴史ものの映画に出演が決まったらしくて」

「うわぁ、楽しみだね、賀茂くん」

そやね、と澪人は言葉短かに答える。

朔也はもう一口羊羹を食べながら、うん、と目を瞑《つむ》る。

「俺はお酒の匂い嫌いだし、そもそも未成年だから飲めないけど酒に合いそうな感じは分かる気がする。この『洋風羊羹』、うちのスーベニアショップにも置きたいかも」

「おっ、三善酒造に卸《おろ》せるのはありがたいな。良かったらお試し用に持って帰ってくれよ」

「はい、ぜひ。これって、日持ちするんですよね？」

ああ、と宗次朗はうなずく。

「元々は祇園の『さくら庵』での販売を意識して作ったんだ。うちの和菓子を祇園に運んで売る場合、それなりに日持ちのするものじゃないと難しいだろうと思ってな。何を作ろうかって考えた時、すぐ羊羹が頭に浮かんだんだけど、普通の羊羹を作って勝負しても老舗《しにせ》には太刀打ちできないだろうし、ここはアレンジを利かせてみたんだ」

へぇ、と澪人は興味深そうに洩《も》らす。

「祇園の『さくら庵』に置くのを意識して考えはったメニューなんやね」

「そういうことだな」

「吉乃さん、喜ばはりますね。元々羊羹好きやし、それにお洒落《しゃれ》な人やさかい、『モダンな羊羹や』って、感激しはるて思います」

澪人がしみじみとつぶやくと、「それだ」と、宗次朗は強く手を打った。

「はい？」

「商品名だよ、『モダン羊羹』」

ええぇ、と澪人は嫌そうに顔をしかめる。

「なんや、それだと『モダン焼き』みたいな感じやし、ちょっとあれやないですか？　なんなら『洋風羊羹』のままでええんとちゃいます？」

「いやいや、それだと建物っぽいんだよ。『洋風洋館』って」

「『洋風洋館』って。思いきり重言やないですか」

澪人のつっこみを聞いて、朔也は、たしかに、と笑う。

「でも実際『洋風ようかん』だと建物っぽいっすね。俺も『モダン羊羹』いいと思います。そもそも商品名ってベタというか分かりやすいくらいの方がいいんすよね」

そうなんだよな、と宗次朗。

「……まぁ、それならええんとちゃいますか」

「澪たんは名付け親ってことで、『モダン羊羹』のイメージモデルになってくれよな」

はい？　と澪人は目を丸くする。

「羊羹色の着流しを着ている澪人が、『モダン羊羹』を食べている姿を写真に撮って、それをポスターにするから。キャッチコピーは、『こないモダンな羊羹、食べたことあらへん』『モダンな京男子がオススメする新しい和菓子』。買ってくれた人には、澪人のブロマイドプレゼント！」

いいっ！　と朔也が額に手を当ててのけ反る。

「宗次朗さん、それ、いいです。そしてズルい。大行列間違いなしじゃないですか」

「だよなぁ、忙しくなりすぎるのも嫌だなぁ」

「ポスター盗まれないように、店内に貼った方がいいですよ」

「額に入れるしかないな」

盛り上がる二人に、澪人は冷ややかな目を向けながら、口角を上げた。

「……嫌やわ、二人とも」

澪人の体から滲《にじ》み出る氷のようなオーラに、宗次朗と朔也は、ぞくりとして座り直した。

「あ、ごめんなさい、賀茂くん」

「そうだ、何か用があったんじゃないのか？」

宗次朗がすぐに話題を変えると、澪人は、そうやった、とタブレットを取り出した。

「実は昨今の動画配信者の件で、困ったことになってまして」

うん？　と宗次朗はタブレットを確認する。

「なんだ、賀茂くんの話ってそっちなんだ。てっきり千歳くんのことかと」

「あの子がどうかしたのか？」

たしか京都に来たんだよな、と宗次朗は朔也を見る。

「そうなんです。京都に来たあの子は、なんと、コハちゃんにアプローチして、賀茂くんに宣戦布告をしたんですよ！」

朔也は両拳《りょうこぶし》を握り、嬉々《きき》として報告する。

「そりゃ、とんだライバル出現だな、澪たん」

「……ちょっと驚きましたけど、宗次朗さんに相談するような話やあらへんし」

「えー、驚いたのはほんとにちょっとなのかなぁ」

朔也の煽《あお》りにも、澪人は取り合うことなく、タブレットを操作した。

「それより、話を戻します。これを見てもらえまへんか」

画面に、タイトルが表示される。

【――彼《か》の方の生まれ変わり。現代の安倍晴明・巫狐は、今宵《こよい》も京都の心霊スポットへ除霊に赴く――】

この配信者は、しっかりオープニングを作っている。回を重ねるごとに動画のクオリティが上がっていた。

「ああ、流行《はや》りの動画『心霊スポットに行ってみた』系か。妙なことが流行るもんだよなぁ」

ほんまに、と澪人が苦笑した。

「澪たんも配信したら、たちまち人気になるんじゃねぇ？」

澪人は顔をしかめ、朔也が「いやいや」と首を振る。

「宗次朗さん、動画界隈《かいわい》は、見た目が良いだけで人気になれるような甘い世界じゃないんですよ。もちろん、外見が良いのはキャッチーだけど、それ以上に、マメに配信するのはもちろん、企画力、構成力、トーク力が必要なんですから」

宗次朗は、なるほど、と納得したように腕を組む。

「どこの世界も大変ってことだな。そうやって切磋《せっさ》琢磨《たくま》していくなかで、体を張って『心霊スポット』に出向く奴が出てくるってわけだ」

「そうなんです。でも、それだけで注目集められないから、この人もがんばってこんな派手ななりをしているんだと思いますよ」

安倍晴明の生まれ変わりだという配信者、『巫狐』は、水干を纏《まと》い、狐の面をかぶっていて、心霊スポットに行っては、除霊まがいのことをしているのだが――、

「にしても、なんだか、奇妙というか不思議な奴だなぁ」

そう言った宗次朗に、澪人は「ですよね」と眉根《まゆね》を寄せた。

「で、こいつがどうしたんだ？」

「この人に限らずなんですけど、心霊スポットに行って撮影する配信者をどないしようて、本部長と話していたんです。そしたら本部長が『若いもんの感覚は分からへんし、宗次朗君に訊《き》いてみたらどうや』と言い出しまして」

はっ？　と宗次朗は目を瞬《またた》かせる。

「俺の意見なんて、まったく参考にならないと思うぞ」

「それでもええねん。宗次朗さんやったら、どないしますか？」

澪人の問いに、宗次朗は迷いなく口を開く。

その返答に、澪人は絶句し、朔也は噴き出した。

二

学徳学園高等部では、最近、ある男子生徒が話題になっていた。

彼が廊下を歩くだけで、女子生徒たちは道を空け、まるでスターを眺めるように、頬を赤らめて、『素敵』と囁《ささや》き合う。

『童話の中から抜け出した王子様みたい』『モデルさんのようだ』

そんなふうに学園内で女子生徒の注目を集めるのは、これまでは澪人だけだったが、今は違っている。

だが、彼のことが話題に上ると、澪人の存在も引き合いに出された。

『麗しの君が黒王子なら、あの方は白王子ね』と——。

白王子とは、水城静流のこと。

二学期になって学徳学園高等部に編入してきた水城静流は、気が付くと知らない者はいない有名人になっていた。

それは、昼時のことだ。

『ＯＧＭ』のメンバーが中庭でランチを摂《と》っている時、静流の姿を見掛けた。

彼は友人とおぼしき眼鏡を掛けた男子生徒と二人で中庭にやってきて、中央の塔を見上げている。友人は中庭から見える建物を指差して、何か話していた。どうやら、学園内を案内しているようだ。

すらりと細く、色も白い。ふわりとした明るい髪色は、陽の光を浴びてさらに輝いて見える。

女子生徒が揃って、王子様、と囁き合うのも納得の容姿だ。

「出た、水城静流」

ベンチでおにぎりを頬張っていた朔也は、うっ、と露骨に嫌そうな声を上げた。

「朔也、まるでお化けでも出たみたいな言い様……」

隣に座る愛衣が苦笑すると、お化けの方がマシだよ、と朔也はつぶやく。

「朔也くん、そんな言い方は駄目だよ」

小春が窘《たしな》めると、だって、と朔也は言い訳をするように続ける。

「あんなイケメンは反則すぎる」

あら、と由里子が小首を傾げた。

「それを言うなら、賀茂君……澪人さんもそうでしょう？」

「それはいいの。賀茂くんは俺の相方だから」

「え、そうやったん？」

「ちょ、賀茂くん、冷たっ」

そんな話をしながら、皆はまたなんとなく静流の方に視線を向ける。

あれ、と愛衣は今気付いたように声を上げた。

「白王子と一緒にいる眼鏡の人、演劇部の部長の桑原《くわはら》さんだ」

小春は、へぇ、と洩《も》らした。

「お孫さん、演劇部に入ったのかな？」

お孫さん？　と由里子、愛衣、朔也と並んでいる三人は不思議そうに小春を見た。

ごめんなさい、と小春は口に手を当てる。

「彼は、お祖母《ばあ》ちゃんの知り合いのお孫さんなんです。かつては彼のお祖父《じい》さんもこの学園にいて、お祖父さんも『王子様』って囁かれていたそうですよ」

「王子様家系なんだ」

と愛衣は感心気味につぶやく。

「孫の彼には『白』と色が付いているのは、『黒』の王子様がいるからよね」

「ですねえ。黒サマはそこに」

由里子と愛衣は首を伸ばし、小春の向こう側に座っている澪人に視線を送った。

澪人は、黒サマて、と肩をすくめる。

そんな五人の声が聞こえたのか、静流は振り返り、こちらに視線を向けた。

「わっ、こっち見た」

またも子どものような反応をする朔也に、一同は冷ややかな目を向ける。

さーせん、と朔也が身を縮ませていると、

「こんにちは」

と、静流が小走りで駆け寄ってきた。

「あら、小春さんに挨拶《あいさつ》に来たのかしら」

「いえ、彼は私のことを知らないはずです」

「それじゃあ、どうして……」

戸惑う皆を他所《よそ》に白王子こと水城静流は、ベンチに並ぶ由里子、愛衣、朔也、小春には目もくれず、一番端にいる澪人の前に立った。

「賀茂澪人さんですよね」

少し息を弾ませながらそう言った静流に、澪人は「はい」と立ち上がる。

『白王子から黒王子への宣戦布告か⁉』

小声でそう囁いた朔也に向かって、愛衣と由里子は睨《にら》みを利かせる。

「はじめまして、水城静流といいます。あの、俺、あなたに憧《あこが》れていたので、お会いできてとても嬉《うれ》しいです」

　目を輝かせて言う静流に、澪人も皆もぽかんと口を開けた。

「憧れ？」

「はい。実は去年、友達とここの学祭に来たんですよ。賀茂さんの姿、とても素敵でした」

　そう言って静流は、弓を引くポーズを取る。

澪人は、ああ、と静かに洩らした。

以前、澪人は『楓祭《かえでまつり》』と呼ばれる学園祭で、流鏑馬《やぶさめ》を披露していた。

その時、澪人は陣笠《じんがさ》に水干姿、射籠手《いごて》を身に纏い、疾走する馬上から弓を引いた。放った矢は的の中央を打ち貫《ぬ》き、板が真っ二つに割れたのだ。

　次の瞬間に湧き上がった大きな歓声を、澪人はよく覚えていた。

あの場に静流がいたとは、少し不思議な気分だ。

　ちなみに今年の楓祭は、映像研究会が作った映画が評判だったという話だが、自分たちOGMメンバーは伏見に『やんごとなきお方』が来るということで、それを迎える準備のイベントに集中していたため、ほとんど参加できなかった。

　そのやんごとなきお方とは、宗次朗だったのだが――。

「もし良かったら、仲良くしてください」

静流は笑顔のまま握手の手を差し伸べる。

澪人は戸惑いながらも、握手に応じた。

小春、愛衣、由里子は、タイプの違う美しい男子二人が握手を交わす姿に見惚《みと》れ、朔也だけが面白くなさそうに、口を尖《とが》らせている。

握手を終えると、静流は嬉しそうにはにかみ、

「えっと。皆さんも、どうぞよろしくお願いいたします。それでは、ランチ中に失礼しました」

ぺこぺこと頭を下げて、背を向けた。

彼の姿が見えなくなると、女子三人はまるで今まで呼吸を止めていたかのように、息を吐き出した。

「お孫さん、あんなに気さくな雰囲気なんだ」

「うん。すごく親しみやすい感じ。それに、近くで見ると本当に王子様みたいだったよね」

「白王子ＶＳ黒王子になるかと思ったけど、全然違ったわね」

口々にそう言う小春、愛衣、由里子を見て、ますます面白くなさそうに朔也は頰を膨らませる。

澪人は、ふっ、と頰を緩ませて、皆を見た。

「それより、皆さん。例の件で話があるさかい、放課後集まってもらえるやろか」

皆は揃って、はーい、と手を上げる。

ちょうど予鈴が鳴り、皆はランチボックスを手に立ち上がった。

三

午前中で今日の分の講義を受け終えていた澪人は、一足先に部室に身を寄せていた。

部室は、中庭の塔の中にある。

かつてこの塔は学生寮であり、その一階にある生徒と家族が面会する際に使われていた応接室を今は部室として利用していた。

富裕層の生徒が親と面会するための空間だったこともあり、室内にはシャンデリアに暖炉、ヨーロピアンテイストなソファーと豪華な仕様だ。

澪人は窓際の一人掛けソファーに座り、ぼんやりと窓の外を眺めていた。

考えなくてはいけないこと、やらなくてはいけないことが色々とあるのだが、どうにも気持ちが落ち着かない。胸が騒ぐのだ。

その理由は、千歳の存在にあることを澪人は自覚していた。

小さく息をつき、テーブルに碁盤シートを広げ、碁石を置いていく。

独碁《ひとり》は雑念を振り払い、自分の気持ちを落ち着かせるのにちょうど良い。

心が乱されている理由は、千歳のプロポーズだけではなかった。

あれは、櫻井家で朔也の入組祝いに皆で餃子《ギョーザ》を食べた夜のこと。

千歳が帰ったあとに、小春はこう言ったのだ。

『こんな風に言ったら千歳くんに怒られるかもしれませんが、「結婚」なんて言っていても、まだ小さい子の言うことですし、そのうち気持ちは変わりますよ……』

そやろか、と苦笑する澪人に、小春は小さく笑ってうなずいた。

『はい、だって、私も結婚したいって思っていた人がいて……』

そこまで言って、小春は慌てたように口に手を当てる。

『あ、だからその、人の気持ちは変わるという話です』

そうやね、と澪人は微笑んだのだが——。

「小春ちゃん、『結婚したい』って思てた人がいてたんや……」

澪人は小さく洩《も》らして、手を止める。

小春のそれは、前世の話ではなく、今世の想いなのだ。

以前、宗次朗に聞いたことがある。

小春は東京の中学に通っていた頃、好きな男子生徒がいたそうだ。

どうやら両想いだったそうだが、小春はその後、家に引きこもってしまったため、交際に至らなかったという。

過去に好きな人がいたのは聞いていたが、まさか結婚したいと考えるほどに想っていたなんて知らなかった。

この事実は、千歳のプロポーズの驚きを上塗りする衝撃だった。

澪人は腕を組み、出会った頃の小春を思い出す。

いつも緊張した様子で頬を赤らめ、声を上ずらせていた。

若宮より引き継いだ自分の容姿は人の目を惹《ひ》く。前世で『彼女が想いを寄せる龍神《りゅうじん》のように美しい容姿でありたかった』と強く思い、この容姿に生まれついたというのに、実際になってみると、外見だけで判断されてしまうことに辟易《へきえき》していた。

当時、自分を前にした時の小春の様子は学園にいるミーハーな女子生徒たちの反応となんら変わりなく、特に何か思うことはなかった。

とはいえ、素直で可愛らしい雰囲気には好感を持ち、彼女を知りたいと強く思っていた。

だがそれは、恋愛感情ではない。

賀茂家分家の陰陽師《おんみょうじ》として、彼女を仲間にできないかと考えていたのだ。

あの頃の自分は、二十歳になる前に自分はこの世を去ると信じていた。

だからそもそも誰とも恋愛する気はなかった。

すべての事情を知ったうえで、受け止めてくれる女性に自分の子を産んでもらえたら、などと考えていたのだ。

「…………」

当時を振り返ると、澪人は壁に頭を打ち付けたい衝動に駆られる。

小春を意識し始めたのは、いつだっただろうか？

若宮の計らいで、生命の危機を脱した頃を振り返る。

それまでは、『生』を諦《あきら》めていたため、すべてを達観し、俯瞰《ふかん》した目線を持つことができていた。

だが、寿命が延びたことで、自分は変わったのだ。

悩み苦しみ、迷走する、年相応の男子となった。

言ってしまえば死せずに生まれ変わったようなものだったのだろう。

自分の人生が劇的に変わっていき、混乱していたさなか、気が付くと小春はいつも近くにいた。

時に心配そうに、時に温かく、決して出しゃばらずに見守ってくれていた。

小春は、謙虚で一生懸命で、健気《けなげ》で優しい。

彼女ががんばっている姿には、自分もがんばろうと励まされ、元気をもらえ、これまでよりも彼女を可愛らしく思うようになっていた。

その時は兄のような感情でしかないと思っていたのだが、自覚がなかっただけで、もしかしたら異性として意識し始めていたのかもしれない。とはいえ小春の力になりたいと思い、櫻井家に下宿を始めたのは下心からでなく、純粋な気持ちだった。

それも森羅万象の計らいなのだろう。

櫻井家で生活を始めたことで、前世の記憶が少しずつ蘇《よみがえ》ってきた。

最初は、『子どもの頃に時々見ていた夢を頻繁に見るようになった』という感覚でしかなかった。それが加速したのは、小春と共に霊視をしたのがキッカケだ。

彼女と手をつないで、吉乃の過去を読み取った。

小春と意識を共有したことで、これまで朧気《おぼろげ》だった記憶が鮮明になっていく。

これまで自分の内側で鏤《ちりば》められていた点と点が線で結ばれていき、輪郭が明らかになっていった。

前世の記憶が今の自分を侵食していくようで、拒否反応を起こしかけていた頃だ。

小春に想いを告げられた。

『わ、私……澪人さんが、好きです』

一言一句絞り出すように、それでもしっかりと目を合わせ、小春は気持ちを伝えてきた。

そんな小春に対し、自分は『勘違いだ』『恋に恋してるだけ』と返すも、彼女は引き下がらず、その一生懸命な様子を前にして胸が詰まる。同時に、前世の記憶が頭を過《よぎ》り、形容しがたい、やりきれない気持ちになった。

『あなたは、僕の姿が、形が、今とまるで違《ちご》うても、同じように言うてくれますか？』

咄嗟《とっさ》に放ってしまった言葉。

それを受けた時の小春の表情を思い出し、ずきりと澪人の胸が痛む。

大きく息を吸って、吐き出した。

自分勝手な想いで、小春を傷付けたのだ。

それなのに彼女は立ち上がり、自分を赦《ゆる》してくれた。

もう、彼女を傷つけたくはない。

小春の側にいられるこの今が、とても幸せだと感じている。

だから……。

小春がかつて誰かのことを想い、結婚したいと思っていたとしても、そんなのはどうでも良いことだ。

理性ではそう思っているのだが……。

「…………」

澪人がぐしゃぐしゃと頭を掻《か》いていると、部室のドアが開いた。

「――あっ、澪人さん」

「早いんですねぇ」

部室にやってきたのは小春と愛衣と由里子だった。

彼女たちに続いて、千歳がばつが悪そうに顔を出す。

千歳は、吉乃の勧めもあって学徳学園の初等部に所属している。

初等部と中等部の校舎は、少し離れたところにあるため高等部や大学部の学生との交流は少ないが、中には兄弟などに会うためにこちらの校舎を訪れる児童もいる。

「ここには、その、小春さんが誘ってくれて……」

小春が、そうなんです、と澪人の許《もと》に歩み寄った。

「千歳くんが単独で動いたりしたら、危険だと思いまして」

小春は耳元で、こそこそと少し申し訳なさそうに言う。

耳に小春の息が掛かり、くすぐったさを覚えた。

嬉《うれ》しさと同時に、ぞくりとして胸が熱くなる。

こんなことでモヤモヤしていた思いが晴れてしまうのだから自分は単純なものだ、と澪人は微《かす》かに肩を下げた。

「そうやね。僕もその方がええと思う」

澪人は腰を上げて、千歳の前まで行き、膝《ひざ》を折って目線を合わせた。

「千歳くん、僕との勝負は保留や。とりあえず、『ＯＧＭ』の仲間になってくれへん？　あなたの力を借りられたら、助かります」

澪人がそう言うと、千歳の真っ白な肌がみるみる赤く染まっていく。

千歳は目をそらしながら、ぼそっとつぶやいた。

「……役に立つかどうか分からないけど」

「おおきに。よろしゅうお頼申します」

澪人はにこりと笑って、握手の手を差し伸べる。

千歳は気恥ずかしそうにしながら、握手に応じた。

その時、朔也が部室に入って来て、

「わっ、なになにいきなり和解？　俺ってば、大事な場面見そびれちゃった？」

と、残念そうに両手で頭を抱える。

「和解て――」

澪人は呆《あき》れつつ、ホワイトボードの前に立った。

「皆、揃ったみたいやし、話を始めます」

皆はすぐに空いている椅子に腰を下ろし、澪人に注目する。

「先日伝えた動画配信者の件やけど――」

いきなり核心に触れる澪人に、皆は息を呑《の》んだ。

「あの後、本部長や宗次朗さんに相談したんやけど、これはもう放っておくしかないて結論に達しました」

皆は、えっ、と目を見開く。

「心霊スポットに行く動画配信者を野放しにしてもいいんですか？」

思わず声を上げた愛衣に、澪人は首を振る。

「ええか悪いかで言うたら、もちろんあかん。僕らも最初は、配信者の許に行って、注意をしたり、お灸《きゅう》を据えたりすることも考えたんや」

そやけど無理な話やし、と澪人は首を振る。

「あの、宗次朗さんはなんて？」

小春が問うと、澪人は苦笑し、朔也が小さく笑う。

宗次朗はこう答えたのだ。

――んなもん、放っておけよ。自己責任だろ、と。

澪人は宗次朗の言葉を伝えると、小春も皆も『宗次朗さんらしい』と苦笑いを浮かべる。

「まぁ、宗次朗さんの言う通りや。一人一人注意したところで、次から次へと湧き出てくるやろし、むしろ盛り上がる可能性もある」

それはそうだ、と皆は眉間《みけん》に皺《しわ》を寄せながら相槌《あいづち》をうった。

「これはもう時代が変わってしもたてことや。そのことを受け入れて、自分たちの手に負えへんことは、森羅万象に任せるしかない……て判断になったんや」

澪人の話を聞き、皆は揃って複雑そうな表情を浮かべる。

言っていることは理解できる。

配信者を捕まえて、注意や説得したところで焼け石に水だ。

もし意図的に怖い思いをさせたとしても、逆効果だろう。それが話題となり、心霊スポットに行こうとする者がさらに後を絶たなくなる可能性がある。

あの、と小春がそっと挙手した。

「小春ちゃん、なんやろ」

「本当に放っておいて大丈夫なんでしょうか？　配信者たちを観ていたら、曰《いわ》くつきのトンネルや廃墟《はいきょ》に入っていって肩や頭に真っ黒なものをもらっていて、すごく心配になったんですよね」

澪人は申し訳なさそうに、目を細めた。

「ちょっと冷たいようやけど、宗次朗さんが言うてたように、それは自己責任。本人の因果応報やねん」

澪人の言葉を聞きながら、小春は口を噤《つぐ》んだ。

本当に、冷たいようだが、真理なのだ。

小春はかつてバスの中で、黒いものに取り憑《つ》かれている女性に出会ったことがある。彼女を助けてあげたいと、小さな虫がついていました、と嘘をついて肩を手で払い、首や肩に背負っている黒いものを蹴散《けち》らした。

その時は、とても良いことをしたと満足感に満ち溢《あふ》れていた。

しかし、すぐに彼女が纏《まと》っていた黒いものがすべて小春の許にやってきて、息もできないほどに苦しい思いをしたのだ。

その際、小春は吉乃に強く注意を受けた。

本人が背負っている業や因果を、他の者がかってに祓《はら》うのは危険なこと。譬《たと》えるならば、ギャンブルで借金した人の借金を勝手に肩代わりしてあげるようなものだと。

借金がなくなったギャンブラーは、また喜んで、ギャンブルを始める。

本人の学びにはならない、と教わったのだ。

心霊スポットに遊び半分で出向く配信者たちにも、同じことが言えるのだろう。

「それじゃあ、組織の陰陽師《おんみょうじ》たちは何もしないことに決めたんですか？」

千歳が険しい表情で訊《たず》ねる。

その問いに対して、朔也が口を開いた。

「俺たち組織の陰陽師は、『荒らされた心霊スポットを定期的に整えに行くしかない』ってことになったんだよ。もし、その時に配信者を見掛けたら、それは縁だと捉《とら》えて、しっかり注意をしていこうって」

そうですか、と千歳は洩《も》らし、愛衣と由里子も納得がいったようにうなずいている。

「ほんで、僕もいくつかチェックしたんやけど、ほとんどの配信者はネットで有名な心霊スポットに行ってるようなんや」

小春は、そうですよね、と相槌をうつ。

ネットには『京都の心霊スポット・ランキング』などの記事が掲載されている。

配信者はそうした記事を参考に現地に赴いているようだ。

「あの程度の場所なら、なんとか大丈夫や」

その言葉に、えっ、と皆は目を丸くした。

「それってどういうことですか？」

「もちろん、何かしらもろてきて、霊障を起こす可能性はある。息苦しくなったり、肩凝りが酷《ひど》なったり、背中が痛なったり悪夢を見たり、運気が悪なったりとしんどい思いをするし、当人は大変やて思う」

「それが『あの程度』なんですか？」

と愛衣は呆然《ぼうぜん》と口を開け、澪人は苦笑した。

「生死には関わらへんやろてことやねん。怖い夢を見たり、体調を崩したりすることで懲りて、心霊スポットに行かなくなったら、そうした霊障も薄れてくるやろ」

　でも、と愛衣は前のめりになる。

「心霊スポットに行ったことで、幽霊に誘われて実際に死んでしまうことってあるんですよね？」

　そうやね、と澪人はうなずく。

「うんと心が弱ってる状態やったら、誘われてしまう危険性はあるんやけど、あない動画を配信してる人たちは、その点の心配はあらへんやろし、そもそも大抵の場合、幽霊と生者やったら、生者の方が圧倒的に強いんや」

　えっ、と愛衣は目を瞬《またた》かせた。

「そうなんですか？」

「ええ。エネルギーの強さが違《ちご》うてるし。生者が本気を出したら死者は決して生者に敵《かな》わへん。たしかに死者が生者を死に誘い、実際に亡くなってしもたこともある。そやけどそれは『当人が死を選んだ』時にしか成立しぃひん。当人が『絶対死にたない！』て思てるのに霊に引っ張られて自死に追い込まれるなんて、そないなことは無理や。死者は囁《ささや》くだけで、決めるのは自分次第なんや」

　そんなものなんですね、と愛衣は感心したように洩らす。

「だから心が弱っている状態の人は危険ってことなんだ」

「そやねん。悪霊は自分の方が弱いのを知ってるから、それに気付かれぬよう威嚇してくるんや。ほんで、まんまとこっちが弱ると悪霊はどんどん図に乗る。さらに脅かして上に立とうとするんや。霊障に遭《お》うた時は、そもそも『自分の方が強い』て意識することが大事やね。蹴散らしてやる気持ちでいたら、結構振り払えるもんや」

そう言う澪人に、朔也も、うんうん、とうなずく。

「結局は気力勝負なんだよね」

「そんなわけで、動画配信者が行ったらあかんところに行って霊障に遭うてしもて、怖い目やしんどい目に遭うたとしてもそれは因果、当人の問題やていうのが、僕らが出した結論やね。冷たいようやけど自分のやったことに対して責任を取っていくのが、生きるてことやし」

深いねぇ、と朔也はしみじみつぶやく。

澪人はそんな朔也に一瞥《いちべつ》をくれた後、「そやけど」と息をついた。

「僕らが心配してるのは、配信者がほんまに行ったらあかん場所に行ってしもたら、てことやねん」

ほんまに行ったらあかん場所？　と皆は澪人に注目する。

「そもそも心霊スポットって行ったら駄目な場所よね」

そう問うた由里子に、そうそう、と皆は同意する。

「普通の心霊スポットは一般の方に対してのものや。この世界には僕ら陰陽師もなるべく行かん方がええ、ほんまに入ったらあかんところがある。そういうところは、ネットにも噂にも上がってへん。組織の計らいで一般の人たちが入れへんようにしてる。そこは怒らせたらあかん神様が眠っている地や。僕らは『特別禁足地』、略して『特禁』て呼んでるんやけど、そこを踏み荒らされたら人だけの問題やなく天変地異につながるさかい、僕らも気を付けてるんやけど」

　澪人は、ふう、と息をついた。

「その特禁って京都にもあるのかしら？」

　由里子が前のめりになって問うと、澪人は首を振った。

「かんにんやけど、みんなにもそれは言われへん」

　そうそう、と朔也はうなずく。

「俺たち、下っ端陰陽師にも知らされてないし」

「下っ端って……特禁は陰陽師の中でも審神者《さにわ》以上にしか伝えられてへんのや。そこは工事現場のように立ち入り禁止にしてるさかい」

「そういえば、山の中に工事もしていないのに工事中っぽくしてる場所はあるわよね。あれって中には特禁の可能性もあるのかしら」

　由里子の囁きに、澪人は、あるかもしれへんね、とうなずく。

「あとは立ち入り禁止になってへんけど、神様がいてるところもある。たとえば若宮様がいたはる神泉苑《しんせんえん》、みんなで合宿に行った鞍馬《くらま》山《やま》をはじめとした京都の山々。あとは小春ちゃんたちが滝修行に行った清滝《きよたき》なんかもそうやな」

「修行？」

朔也、由里子、千歳は揃って、小春と愛衣の方を向く。

小春と愛衣は、ばつが悪くなって肩をすくめた。

「前に私と愛衣は、滝行をしようって、清滝に行ったことがあるんです」

「今思えば私たち、配信者と変わらないことをしていたよね」

うん……、と落胆する二人を見て、朔也と由里子は「想像すると可愛い」と笑いを堪《こら》え、澪人はそっと口角を上げる。

「あなた方は場所を荒らすつもりはなく、真面目に一生懸命やったさかい、白龍《はくりゅう》様が出てきてくださったんやろ。まぁ、褒められたことやあらへんけど」

ですよね、と小春と愛衣はますます身を小さくさせた。

「そういう神様がいたはるところで配信者たちが失礼を働かないよう、気をつけなあかんとも思うてます。まぁ、力の強い神様は徳も高いし、滅多に怒らはらへんのやけど、その神様の側で仕えている眷属《けんぞく》神が荒ぶる場合もあるさかい」

「ほんと、親分よりも子分の方が、ぎゃーぎゃー騒ぎ出すってのは、どこの世界にもあることだよねぇ」

　と、朔也は笑う。

「ま、そういうことや。清滝の方にあるトンネルが心霊スポットになっているみたいやし、気ぃつけな」

　小春が「そうだ」と思い出したように手を打つ。

「巫狐さん、あのトンネルにも行ってましたよね。あそこは結構なたまり場みたいだったし、それで心配になって」

　あと、と小春は眉根《まゆね》を寄せて、話を続ける。

「あの人って、少し不思議ですよね」

　愛衣と由里子と千歳は、不思議？　と首を傾げ、朔也が、あっ、と小春を見た。

「コハちゃんも、気付いたんだ。あの人の奇妙さに」

「私たちもチラッと見たけど、何が奇妙なのかしら？」

「姿形が？　着付け？」

　前のめりになる由里子と愛衣に、どうどう、と朔也は手をかざす。

「あの人、短期間で色んな心霊スポットに行ってるんです。たぶん、週一くらいで。それなのに……」

　小春がそう言いかけると、トントン、と部室にノックの音が響く。

小春は話すのを中断して立ち上がり、はい、と扉を開けた。

「こんにちは、小春さん。久しぶりだね」

扉の前にいたのは年配の男性だった。ふくよかな体と人の好《よ》さそうな温和な顔立ちで、シックなスーツを纏《まと》っている。

彼はこの学園の学長、徳松正人《とくまつまさと》。吉乃の幼馴染《おさななじみ》でもある。

「学長……」

「澪人くんは、ここにいるかな？」

その声が聞こえた澪人は、はい、と扉に向かう。

「ああ、良かった。君の実家に電話を掛けたら、きっとここにいるんじゃないかってお兄さんが、教えてくれてね」

お兄さんとは、和人のこと。医学生の彼は今、家の病院の仕事を手伝っている。

「なんでしょう」

澪人が問うと、学長は他の者には聞こえないように、小声で耳打ちした。

「また、心霊現象の相談なんだ」

先ほど小春に耳打ちされた時は嬉《うれ》しくなったというのに、相手が変わるだけでこんなにも気分が変わるものだ、と澪人は苦笑しつつ、口を開いた。

「ここにいる皆は僕の仲間です。話しても大丈夫ですよ」

学長は窺《うかが》うように、首を伸ばして部室内を確認する。

いまいち信用しきれていないようだ。

「あそこにいる由里子さんと小さい子は安倍家の、三善君は浄蔵の流れを汲《く》む方々やし、小春ちゃんはあの吉乃さんのお孫さん、愛衣ちゃんは小春ちゃんの親友やさかい、弥生《やよい》さんのように慣れてますし」

そうかい、と学長はホッとしたように表情を緩ませ、

「それじゃあ、失礼するね」

と部室に足を踏み入れた。

学長は皆の前に立ち、まるでこれから挨拶《あいさつ》でもするかのように、こほん、と咳払《せきばら》いをした。

「うちには今は使われてない校舎があるんだ。そこは元々幼稚舎——つまり幼稚園だったんだけど、少子化の影響もあって、数年前に幼稚園経営をやめてしまって、そのままになっている」

皆は学徳学園が幼稚園もやっていたのを知らなかったようだが、澪人は知っていた。

「幼稚舎はたしか学園からは少し離れたところにありましたね」

「どの辺りなのかしら？」

由里子の問いに、澪人は壁を指す。

「ここよりも、もう少し北の方や」

そうなんだよ、と学長はうなずく。

「そのうち学童用の建物にしても良いかなと思っていたんだけど、買いたいと言ってくれる業者が出てきてたんだよ。幼稚舎は洋館風のシックな建物で、まだしっかりしているからリノベーションして、ホテルにしたいという話だった。良い話だったし、私は『ぜひ』と答えたんだけど、しばらくしてから、『あそこは幽霊が出るから、やめる』って言ってきたんだ」

話を聞きながら、皆は渋い表情を見せる。

朔也は頭の後ろで手を組んで、ははっと笑い、

「それって、難癖付けて安く買い取ろうとしてるんじゃないっすか？」

皆が思っても言わなかったことを、サラッと口にした。

だが、学長はぶんぶんと首を振る。

「私も最初そう思ったよ。だから担当者と幼稚舎に行ってみたんだ。そうしたら本当に出たんだ。これまでにない恐ろしい経験をしたんだよ。ぜひ、見てきてくれないか。そして、できれば、除霊もお願いしたい！」

学長は、澪人の手を取ってすがる。

「……分かりました」

澪人は静かにうなずいて、小さく息をついた。

四

学長からの依頼を受けた『ＯＧＭ』はとりあえず様子を見に行こうと、すぐに幼稚舎へと向かった。

部室に集まった時はまだ高かった太陽も、今は西へと傾いていて空は茜色《あかねいろ》に染まっている。

「僕も一緒に行って良かったですか？」

千歳は小春の袖《そで》をキュッと握り、不安げに問う。

もちろん、と小春は微笑みを返した。

「千歳くんも仲間だし」

それに今は様子を見に行くだけだ。そうは遅くならないだろう、と小春は心の中で続けた。

小春の前には、澪人と朔也が並んで歩いている。

すっかり良いコンビという二人の様子に、小春の頬が自然と緩んだ。

「学長は違うって言ってたけど、人為的なもののような気がするんだよなぁ。詐欺って言うかさ。建物になんか仕掛けてるんじゃないかなって」

空を仰ぎながら、朔也はまるで独り言のように洩《も》らす。

隣を歩く澪人は、そうやね、と同意した。

「僕も正直、その可能性は強いて思います。けど……」

けど？　と朔也は、澪人の方を向く。

「なんや嫌な予感もするんや」

澪人の言葉を聞いた途端、小春の胸がざわついた。

本当に千歳を同行させて良かっただろうか？

いや、千歳は幼いけれど、並外れた霊能力を持っているから問題はないだろう。

どちらかというと、愛衣の方が心配かもしれない。

小春はそこまで思い、ポケットに手を入れ、

「愛衣、念のため、これを持っていて」

中から吉乃が作った御守を取り出した。

黒い袋に黄色い糸で『厄除《よ》け』という刺繍《ししゅう》が入っている。

あれ、と愛衣が顔を近付ける。

「なんだか、新しいね」

「うん、新作なの。この前の東京での騒動を受けて、お祖母《ばあ》ちゃんが気合を入れて作った最強の厄除け御守。結構売れているんだよ」

澪人は振り返って、そらええわ、と目を細めた。

「その御守はほんまに強力やさかい、愛衣ちゃんが持っていたら安心や」

「そんなにすごい御守なんだ。お借りするね、ありがとう」

愛衣は御守を受け取って、大事そうにブレザーの胸ポケットに入れた。

「あ、なんならその御守、そのままあげるから使って」

「わあ、ありがとう」

「良かったわね、愛衣さん」

由里子の呼びかけに愛衣は、はい、とうなずき、小春を見た。

「っていうか、小春、この御守も商品なんだよね？　買わせてもらうよ」

「ううん、いいよぉ。五百円くらいのものだし」

「ダメダメ、この前も手鏡もらったし。こういうのって、自分のお金を払ってこそなんでしょう？」

愛衣は小銭入れを出して、押し付けるように小春に五百円玉を手渡す。

ありがとう、と小春は恐縮して、身を縮ませた。

「ねぇ、小春さん、私もその御守買いたいわ。前払いしとくから」

続いて由里子も小春に五百円玉を差し出す。

「分かりました。由里子さんの分も持ってきますね」

そんな話をしながら北へ向かってしばし歩く。

やがて旧学徳幼稚園の幼稚舎に辿《たど》り着いた。

学徳学園の校舎はレンガ造りのまるで英国を思わせる瀟洒《しょうしゃ》な建物だが、旧幼稚舎は緑色の屋根に白い壁の、カナディアンな洋館だった。

「こんな建物あったんだ。赤毛のアンに出てくるお家《うち》みたいで素敵だね」

と、感激しているのは、愛衣ただ一人。

皆揃って、うっ、と顔を強張《こわば》らせている。

「あれ、みんなどうしたの？」

愛衣はきょとんとして振り返る。

「驚いたわね」

「いやぁ、なかなかだね」

「ほんま、思った以上に厄介な感じじゃ」

由里子、朔也、澪人の言葉を聞き、愛衣はくるりと小春の方を向いた。

「……ここ、そんなにひどい状態なの？」

小春は苦々しい表情で、うん、と答える。

「すごく悪質な感じがするし、量が多いというか」

　そうそう、と千歳が続けた。

「なんていうかね、建物の周りをどす黒いものが囲んでいて、まだ空が明るいのに、夜みたいな雰囲気なんだよね。たくさんの鬼火も飛び交ってるし」

　小春は、建物に目を向ける。

　うおおお、おおおお、という呻《うめ》き声も聞こえてくる。

　まるで地の底から響くような声だ。

「こら、ほんまにあかんわ。なんでこないなことになってるんやろ」

「また、ここで誰かが降霊会とか開いたとか？」

　朔也は腕を組みながら、首を捻《ひね》る。

　かつて中央の塔で亡くなった母を降霊しようとしていた愛衣は、耳が痛い、と両耳を押さえた。

「下見のつもりやったけど、早めに対応しぃひんと犠牲者が出たら大変や」

　澪人はそう言って息をつきながら、学長から預かっていた鍵《かぎ》を出した。

　犠牲者？　と小春、由里子、愛衣は顔を見合わせた。

「だね。仲間を集めて、巨大になろうとしてるし」

　澪人は、くるりと振り返って、小春たちを見た。

「ここは思ったよりも厄介で女性には向かへん場所やったさかい、皆さんはこのまま帰ってください」

そう言った後、澪人は朔也に視線を送る。

「ほんなら、三善君」

「いざ出陣だね」

朔也はニッと笑って、敬礼のポーズを取る。

そのまま二人は、颯爽《さっそう》と敷地内に入り、建物へと向かっていった。

小春、愛衣、由里子は、行ってらっしゃい、と手を振りながら、互いの顔を見合わせる。千歳は何も言わずに、澪人の背中を見ていた。

由里子は、少し残念そうに息を吐き出す。

「慣れない私たちが行っても足手纏《まと》いよね。でも、犠牲者ってどういうことかしら。たしかに酷《ひど》い感じはするけど、人を傷つけるほどのものかしらね？」

その隣で愛衣が不可解そうに首を傾げる。

「さっき澪人さん、『死者と生者なら生者が圧倒的に強い』って言ってたのにちょっと矛盾しているような……あと、女性には向かないってどういうことでしょう？」

「気になるわよね」

二人の話を聞きながら、小春は曖昧《あいまい》に相槌《あいづち》をうつ。

胸に、もやもやしたものが広がっていた。

澪人は帰るように言ったが、あの量の心霊だ。きっと骨が折れるだろう。自分たちはそれなりに霊能力がある。もし同行したなら、多少役に立てるかもしれない。

そう思うも、小春の足はすくんでいた。

「小春、顔色悪くない？」

愛衣が心配そうに顔を覗《のぞ》いた。

「実は、心霊系が苦手なの」

小春が静かな声で答えると、愛衣と由里子は「ええっ？」と目を瞬《またた》かせる。

「小春さんは、こんなに霊感が強くて、色んな経験をしているのに？」

「そうなんだけど……」

特殊な能力に目覚めてから、小春は数々の不思議体験をした。

神仏が起こす奇跡や障りや心霊現象と、それなりに経験を重ねてはいるが、未《いま》だに心霊現象の方には慣れない。

神仏に関することは向き合える。

神仏の力は巨大で、もちろん畏《おそ》れを感じるが、尊敬もできる。

しかし悪質な心霊が起こす現象となると、話は違ってくる。

悪霊の波動は重く粘着質。故意に恐怖を与え、優位に立とうとしてくる。

それが苦手であり、神仏に抱く畏れとは別の恐怖を抱くのだ。

そもそも、と小春は苦笑する。

「私、お祭りの『お化け屋敷』自体が苦手で……」

その言葉に愛衣と由里子は納得がいったようだ。

小春はもう一度建物の方を向く。

ちょうど澪人と朔也が旧幼稚舎の玄関扉を開けて中へと入っていったところだった。

この悪霊渦巻く建物に気圧《けお》されることなく、颯爽と入っていった二人の後ろ姿は、頼もしく感じる。

次の瞬間、

「僕は行く！」

と、千歳が駆け出した。

「あっ、千歳くん」

小春が手を伸ばした時には既に遅く。

千歳は敷地内を突っ切って、建物の扉を開けていた。

扉が大きく開いたことで、おおおおう、うおおおおう、という呻き声が強くなり、小春と由里子は顔を歪《ゆが》ませる。

千歳は強い霊能力を持っているが、除霊の経験は乏しいはずだ。

危険があっては大変だ。

「あの、二人はそこで……由里子さん、愛衣の側にいてあげてください」

小春はそう言うと、急いで千歳の後を追う。

背中に、「分かったわ」「無理しちゃだめよ」と由里子と愛衣の声が届く。

小春は、はい、と答えて、建物へと向かった。

五

建物の扉を開けると、キイイ、と軋《きし》むような音が響いた。

また、おおおう、という低い呻き声が聞こえるのだろうか、と覚悟をしたが、驚くほどに静かだ。

身構えていた小春は少し拍子抜けしながら、中を見回す。

そこは玄関ホールだった。

元々は幼稚園ということで、背の低い靴箱が並んでいる。

可愛い、と頬を緩ませたのも束の間、沼の側のような湿り気のある冷たい空気が染み入ってくる。

くすくす、と笑い声が聞こえてきた。

靴箱の陰に小さな子どものシルエットがいくつも現われた。

くすくす、くすくす、と笑っている。

ここにいる霊たちは、子どもに擬態しているだけで、子どもの霊ではない。

侵入者を怯《おび》えさせようとしているだけだ。

気持ちを強く持とう、と小春は拳《こぶし》を握る。

靴箱の陰に潜む子どものシルエットなどに気付かぬふりをして進んでいると、その先の廊下に千歳は背中を向けて佇《たたず》んでいた。

「ああ、千歳くん良かった」

小春は、千歳の肩に手を乗せる。

「……良くないよ。遅かったよ」

ふるふると千歳は頭を横に振る。

「どうかしたの？」

小春が屈《かが》み込もうとした時、千歳の足元に血が垂れているのに気が付いた。

「千歳くん、怪我をしたの？　大丈夫？」

その肩を強く引き寄せると、小春の手にぐにゃりとした柔らかいものが食い込んだ。

まるで肩が腐食しているかのように脆《もろ》い。

「僕、もうこんなになっちゃったよ」

振り返った千歳の顔は、どろどろとただれ、目玉が片方落ちかけていた。
きゃああああ、と小春の悲鳴が建物に響き渡る。
——ああ、いいね。
——良いエネルギーを持っている。
四方八方から、腐敗したような悪臭と共に黒い影が近付いてくる。
それは千歳の姿をした何かに重なっていき、ぶくぶくと大きく膨れ上がっていった。
「小春さんっ！」
まだ近くにいたらしい、本物の千歳が血相を変えて駆けつけてきた。
「千歳くん、良かった」
「このっ……」
千歳が印を組もうとしたその時だ。
膨れ上がった悪霊の体に、たくさんの顔が浮かび上がる。
その中のひとつに中年の女性の顔があった。
苦しそうに顔を歪ませて、千歳を見ている。
『千歳……千歳……こんなところで会えると思わなかった』
千歳の肩がびくんと震えた。
言葉になっていなかったが、母さん、と囁《ささや》いたのが分かる。

振り払うように頭を振り、気を取り直して再び印を組む。

『そうよ。こいつらを祓《はら》って、千歳。私はもう苦しい。どうか……』

その言葉に千歳は、手を止めた。

『その前にお願いよ、千歳。私をここから引っ張り出してほしいの。彼らと一緒に祓われたら、私は彼らと同じところに行ってしまう』

「うるさい。お前なんかが母さんなわけないだろ！」

と、千歳は舌打ちし、素早く印を組んで、叫んだ。

「臨兵闘者皆陣裂在前！」

ぶくぶくと膨れ上がっていた悪霊は一瞬で破裂し、まるで肉片が散らばるように分裂した。

「ざまみろ」

千歳は顔を明るくさせて、『見た？』とでも言うように、小春の方を向く。

だが、その表情はすぐに曇る。

母の顔が地に転がり、うぎゃあああ、と叫び続けていたためだ。

『痛いいい、苦しいいいい』

「うるさいっ、母さんの顔でそんなことを言うな！」

千歳がその顔を踏みつけようとしたのを、小春は思わず押さえた。

千歳が言う通り、これは千歳の母ではない。

だが母の顔をしたものを踏みつけるというのは、酷なことだと感じたためだ。

しかし間に合わず、千歳は母の顔を踏みつけた。

ぶしゃっ、と音がして顔が破裂したかと思うと、その欠片《かけら》がつながって蛇のようになり、千歳の足に巻き付いていく。

『千歳ぇえええ、お母さんを踏みつけるなんて、駄目じゃないぃぃ』

ぎゃあああ、と千歳が叫ぶ。

「なんで祓ったのに、残ってるんだよ。消えろ、消えろ！」

「千歳くん、大丈夫。全部まやかしだから。気持ちを強く……」

ふと、自分たちが大きな影に覆われていることに気が付いた。

頭が天井に届きそうなほど巨大な中年の男が、舌なめずりをしてこちらを見下ろしている。よれたスーツにずれたネクタイ。

巨大でなければ、酔っ払いのサラリーマンのような風体だ。

「…………」

小春は絶句して、男を見上げる。

——本当に良い娘だ。

——みんなでいただこうか。

一刻も早く、何かを唱えて祓わなくてはならない。

そう思うもドス黒い欲望を前に気圧《けお》されて、足がすくみ、声が出ない。

だが、すぐに千歳を守らなくては、と気をしっかり持とうとする。

除霊には人それぞれ様々な方法がある。

かつての朔也のように自らのエネルギーを放って一網打尽にしたり、澪人のように神仏を降臨させたりして浄化する方法もある。

小春は後者であり、神仏の力を降臨させた上で、彼らを説得する。

納得してもらった上で、仏教的に言うと『成仏』してもらうのだ。

小春は手を組んで、額に意識を集中させた。

いつもならば、ここで額が熱くなり、力が湧き出てくるのだが、それを感じない。

神仏を降臨させるには、心を落ち着かせていなければならない。

平常心を保つ必要があるのだ。

落ち着け、落ち着け、と小春は焦りながら、祝詞《のりと》を唱える。

この地の波動が低いため、神仏の力を降ろすにはいつもより時間がかかる。

心が乱れて、上手《うま》く集中できない。

それでも祝詞を唱え続けることで、額がじんわりと温かくなってきた。

すかさず、心の中で説得を始める。

こんなところにいても苦しさが続くだけ。どうか、その魂を浄化させて光になってほしい。そうしたら、あなたは新しい世界へ行ける。

そう訴えるも、中年男には何も響いていないようだ。

よだれを垂らしながら、今にもズボンを脱ごうと片手でベルトに手をかけ、もう片方の手を伸ばし、小春の首筋に触れた。

小春は、ひっ、と呻《うめ》き、

「いやあああああ！」

と悲鳴を上げた。

「——小春ちゃんっ！」

次の瞬間、澪人の声が響き、小春はハッとして顔を向ける。

通路の向こうに、澪人の姿が見えた。

澪人は、今まで見せたこともないような怒りの形相を浮かべている。

澪人は素早く印を組んだ。同時に彼の姿がぼんやり光っていく。青白い光が螺旋《らせん》のように澪人の体の周りを渦巻いていた。

「我が名は、賀茂澪人、朱雀《すざく》、玄武《げんぶ》、白虎《びゃっこ》、勾陳《こうちん》、南斗《なんじゅ》、北斗《ほくと》、三台《さんたい》、玉女《ぎょくじょ》、青龍《せいりゅう》、臨む兵、闘う者は、皆陣列を組んで我が前に在り」

そう唱えた澪人の前に、鳳凰《ほうおう》のような朱の鳥、蛇の尾を持つ亀、白銀の虎、蒼《あお》い龍といった神獣や屈強な兵士、美しい女性の姿をした精霊が現われ、整列していく。

「いざ、出陣、邪悪なものを消し去らん！」

澪人が手をかざすと、神獣たちは一斉に駆け出した。

中年男はズボンがずり下がった状態で、恐れをなして逃げ出そうと背を向ける。

だが、青龍が口から放った火にかき消され、塵《ちり》となって消えていった。

千歳の足に絡みついていた悪霊も慌てて逃げ出そうとしていたが、神獣に蹴《け》散《ち》らされ、消え失《う》せた。

「小春ちゃん！」

「澪人さん、澪人さん」

駆け寄ってくる澪人に、小春は目に涙を浮かべながら抱き着いた。

「無事で良かった」

澪人はギュッと強く、小春の体を抱き締める。

「ここってなんなんでしょう？　千歳くんが祓っても祓い切れなかったり、私が浄化しようと思っても上手くいかなくて……」

「ここは小さい魔がたくさん集まって一つの形を作っていたんや。そやから千歳くんの攻撃で祓えていたはずなんやけど、残った魔たちがすぐに集まって形づくっていたさかい効いてへんて思うたんやろ。ほんで小さな魔たちはそれぞれ、ここの主とつながって人の心を惑わしてたさかい、なかなか厄介やったんや」

小春は納得して、息を呑《の》んだ。

「それじゃあ、さっきの大きな男性の姿をしていたのが主ですか？」

「そう、あれが主で、淫魔《いんま》やねん」

「淫魔？」

ええ、と澪人は忌々しげに、中年男がいたところに視線を送る。

「ずる賢いさかい、僕らが入ってきたことで最初は威嚇をしてたんやけど、敵《かな》わへんて思たら、コソコソ姿を隠してたんや。けど、小春ちゃんの姿を見て、ほいほい出てきたんやな」

「あ……、淫魔が主だったから、女性には向かないって言ってたんですか？」

「そやねん。欲望全開な色魔に向かって、女性がどんな説得をしたとしても、まったく届かへん。あいつを放置していたら、被害に遭う女性が出てくるて思て」

それはそうかもしれない。

たとえ幻覚だとしても、淫魔に見せられた不快な記憶は、トラウマになるだろう。

小春自身、まるで現実に痴漢《ちかん》に遭遇したような恐怖を抱いたのだ。

澪人はそこまで言って、ハッとしたように小春を見た。

「小春ちゃん、大丈夫やったやろか。何もされてへん？」

「は、はい。手が首に触れたくらいで」

「——首に」

澪人は掌《てのひら》で小春の首を摩《さす》るように撫《な》でて、

「かんにん。浄化するし」

と、唇を近付けた。

首筋にキスをするわけではない。首元で小声で祝詞を唱えていくのだ。

澪人の息がかかり、小春の体がぞくぞくと震える。

「あ、嫌やったかな。もう少しやし」

そう言う澪人に、小春は首を振る。

「……ドキドキしてしまっただけで、嫌じゃないです」

「そないなこと言うたら……」

ちゅっ、と澪人の唇が首筋に触れて、小春はギュッと目を瞑《つむ》った。

「あのー、こんなところで何やってんの？　俺、二階でめっちゃがんばって蹴散らしてたんだけど」

朔也の声が届いて、小春と澪人は我に返り、パッと離れる。

「違うの。悪霊に首を触られて」

「そやねん、ほんで浄化してたんや。除霊の一環やねん」

「へー、モダンな京男子は、除霊も一味違うんだね。洋風洋館でモダン除霊ってやつ？」

冷ややかに言う朔也に、澪人は「モダン除霊て」と額に手を当てる。

そんな中、ほんとだよ、と千歳が不満げな声を上げた。

「たかが淫魔相手に巨大な魔を吹き飛ばすような術を披露して、小春さんの目を引いたりしてさ。その後も浄化云々《うんぬん》は最初だけで、途中からイチャイチャし始めて……。僕がここにいるのに」

壁に寄りかかるようにして体育座りをしていた千歳は、面白くなさそうに口を尖《とが》らせている。

「ち、千歳くん、大丈夫？」

小春が慌てて駆け寄ると、千歳は「大丈夫」と立ち上がり、服に付いた埃《ほこり》を払いながら、ばつが悪そうに澪人を見た。

「さっきのは、小さな魔の結集だったんだね」

そうやね、と澪人は答える。

「簡単に一蹴《いっしゅう》できると思ったのにくたばらないから動揺しちゃったよ……澪人さんと力比べするつもりで飛び込んで来たのに、完敗だった。あっ、ここではね」

澪人は小さく息をついて、首を横に振る。

「こういうんは経験がものを言うさかい、仕方あらへん。そやけど勝手に入ってきたのはあかん。どうしても同行したいと思うたら言うてほしいし」

感情的に怒るのではなく、諭すように伝える澪人を前に、千歳は素直に「はい」とうなずいた。

「ほんなら、あと少しやし、魔を祓《はら》う手伝いをお願いしてもええやろか。問題やった淫魔は祓えたし、由里子さんや愛衣ちゃんにも入ってもろて」

そう言う澪人に、朔也も、うん、と同意した。

「あれさえいなくなれば、あとは小さな埃の掃除みたいなものだよね。人手が多い方が助かるし」

分かりました、と小春は建物の外に出て、心配そうに待っていた愛衣と由里子に向かって手招きをした。

六

その後、澪人は玄関ホールに大きな五芒星《ごぼうせい》の結界を張った。

その中に小春、愛衣、由里子が入って祝詞《のりと》を唱えていく。

澪人、朔也、千歳は、残った魔を祓っていった。

数が多いため手間はかかったが、ここにいるのは主を失くした小さな魔ばかり。手こずることはなかった。

魔が消え失せると、ざわめきや呻《うめ》き声もなくなっていた。

既に陽は沈んでいて、月明かりの優しい光が建物の中を照らしている。

電灯がつかないため薄暗いが、清々《すがすが》しい空気に満ちていた。

小春は不思議に思いながら、建物内を見回す。

「磁場は悪くないのに、どうしてあんなに魔が溜《た》まっていたんだろう？」

空き家になったことで浮遊霊が棲《す》みつくのはよくあることだ。

だが、ほとんどの場合、害がないものが多い。

「ねぇ、これが原因じゃない？」

靴箱の周りをぐるぐる歩いていた千歳が足を止めて言った。

皆は、千歳の許《もと》に集まる。

スマホのライトをつけて確認すると、靴箱の中に手のひらサイズの石がいくつか並んでいるのが見えた。

「石……？」

澪人は、ああ、と洩《も》らして手をかざす。

「これやな」

「えっ、その石がどうかしたんですか？」

と、愛衣が腰をかがめて、靴箱を覗《のぞ》きながら訊《たず》ねる。

「曰《いわ》くつきの場所に行って、戦利品みたいに石を拾ってきたってことかもしれへん。なんで、こないなところに入れてるのか分からへんけど」

澪人は石をひとつ手に取り、ぶつぶつと祝詞を唱える。

石から黒い気のようなものが立ち上って、空気に溶けるように消えていく。

「石ってその地の想念とか吸収するから、どこに行ってもなるべく拾って来ない方が良いみたい」

小春が説明をすると、「そういえばそういう話、聞いたことある」と愛衣も思い出したようにうなずいた。

「ってか、『なるべく』じゃなく、『絶対』に拾ってくるな、と俺は言いたいけどね」

顔をしかめながら言う朔也に、同感や、と澪人は苦笑する。

由里子は靴箱の側にある掃除用具入れを開けて、あら、と声を上げた。

「ねぇ、ここに妙なものがかかっているわよ」

「え、なになに？」

皆が注目する中、由里子は掃除用具入れの中に手を伸ばす。

由里子が取り出したのは、狐の面だ。

えっ、と皆は動きを止める。

それには、見覚えがあった。

安倍晴明の生まれ変わりを自称する配信者・巫狐がつけていた面と同じものだった。

「もしかして……」

小春は嫌な予感を覚えながら、由里子から面を受け取り、眉間《みけん》に皺《しわ》を寄せた。

第三章　それぞれの想いと疑惑。

一

旧学徳幼稚舎での除霊を完了した翌日。

『ＯＧＭ』のメンバーは放課後になるのを待って、再び部室に集まった。

澪人、小春、愛衣、朔也、由里子、千歳は揃って椅子に座り、テーブルの中央に置かれているノートパソコンの画面に釘付《くぎづ》けになっている。

その一歩後ろで、学長がありがたそうに手を組んでいた。

「さっき確認に行ったんだけど、もう元の雰囲気に戻っていてホッとしたよ。ラップ音はするわ、子どもの影が見えるわで散々だったんだ。早速除霊に行ってくれたなんて感激だなぁ」

学長は手をすり合わせながらそう言うと、身を乗り出した。

「で、それらしきものは映っているかい？」

ディスプレイに映し出されているのは、防犯カメラの映像だ。

学長は幼稚園が運営されている頃に門扉に防犯カメラを設置していて、そのままにしていたそうだ。録画時間は約一か月であり、過ぎると自動的に上書きされていくという。

早送り再生でチェックをしているが、誰もいない幼稚舎と園庭が延々と流れるだけだ。時おり、小中学生が園庭にこっそり入り込んで、遊んでいる様子も映っている。

朔也は映像をチェックしながら、ううーん、と唸《うな》る。

「生まれ変わりさんらしき人、映らないなぁ」

学長は、生まれ変わり？　と首を傾げる。

それについては小春が口を開いた。

「巫狐という名の動画配信者です。安倍晴明の生まれ変わりだと自称していて……」

それはそれは、と学長は目を丸くした後、ははは、と笑う。

「大層なことを。本当の生まれ変わりのような人は、ここにいるというのにね」

小春も皆も、驚いて学長を見た。

千歳の秘密を知っているのだろうか？

皆が戸惑いながら、千歳に視線を送りかけた時、学長は、ぽんっ、と澪人の両肩に手を乗せた。

「澪人くんは、現代の陰陽師《おんみょうじ》。安倍晴明の生まれ変わりと言ってもいいくらいだ」

ねっ、と学長は同意を求めるように皆を見るが、一同は思わず目をそらす。決まり悪そうに額に手を当てている澪人の姿を見て、千歳は思わず笑った。

それはそうと、と学長は思い出したように訊ねる。

「澪人くんも来年で大学四回生だろう？　就職は決まったのかい？」

「いえ、まだです」

「やっぱり裏稼業の方を継いでいくから、就職とかしないのかな？」

　興味津々という学長の様子に、小春は頬を緩ませた。

学長は『組織』の存在を知っているわけではない。知っているのは、澪人が賀茂忠《ただ》行《ゆき》の流れを汲《く》んでいて霊能力があり、除霊などを行っているということだ。

　裏稼業って、と澪人は苦笑する。

「もちろんこれからも家業は続けていきますけど、ちゃんと就職はするつもりです。ほんでも、なかなかピンと来るものがのうて……」

だよね、と朔也が笑う。

「サラリーマンやってる賀茂くんとか、想像つかないよ」

　小春はビジネススーツを着用している澪人の姿を想像する。

それはそれで似合いそう、とつい頬が熱くなったが、たしかに澪人はサラリーマン向きではない気がする。

それなら、と学長は前のめりになった。

「澪人くん、院に進んで勉強を続けたらどうだい？」

「それは僕も少し考えたんです。教授にも勧められてましたし。そやけど、院に進むほどの学びたい意欲が出てきいひんさかい……」

気乗りしなそうにつぶやく澪人の様子を見て、朔也は小首を傾げた。

「そういえば、賀茂くんって何学部なの？」

澪人は防犯カメラの映像を確認しながら、言いにくそうに口を開く。

「日本史学やねん……」

ええっ、と朔也は声を上げた。

「そんなのめっちゃお手のもんじゃん。前世の記憶もあるわけだし、古文なんてさらさら読めちゃうでしょう」

「そうやね。勉強してへんでも普通に読めます」

「そんなの勉強にならないんじゃない？」

「そないなこともあらへんのやけど、実はそういうんもあって、まだまだ学びたいて気持ちにはなかなかならへん」

「そうはいっても学べることはたくさんある筈《はず》だ。納得いかないところに就職するなら、大学に残るのもひとつの手だと思うよ」

強い口調で言う学長に、由里子は、うんうん、とうなずく。

「私もそう思うわ」

「由里子センパイも三回生だけど、就職活動してるの？」

朔也の質問に、由里子は首を振る。

「私は……実はね、違う大学を受け直すつもりでいるの」

ええっ、と皆は驚いて、由里子を見た。

「他の大学で一回生からやりなおすってことやろか？」

「そうなの。自分のやりたいことが今になって見つかって、それはこの大学では学べないことだったから大阪の大学へ……ひそかに受験勉強もしていて。落ちたら恥ずかしいから、言えなかったんだけど」

由里子は気恥ずかしそうに、もじもじしながら言う。

「やりたいことってなんですか？」

小春が問うと、由里子ははにかみながら答えた。

「私、やっぱりもふもふがね、動物が大好きなの。獣医師になりたいと思って」

「獣医師！」

そやけど、と澪人は驚きながら、由里子を見た。

「たしか、獣医師になるには六年勉強して、ようやく国家試験を受けられるはずや」

そんな長い道のりなんだ、と話を聞いていた愛衣が洩《も》らす。

由里子は、ええ、とうなずいた。

「いいの。それでも、なりたいと思ったからがんばるわ。何よりね、その長い道のりも、もふもふたちの役に立てるなら、楽しくがんばれる気がするから」

素敵、と小春と愛衣は、手を組んだ。

「由里子さん、がんばってください」

「獣医師になった由里子さん、目に浮かぶようです」

「ありがとう。今、ひそかに勉強がんばっていてね。それで、この活動にもしばらく参加できないかもっていうのを伝えなきゃと思っていて」

少し申し訳なさそうに言う由里子に、皆は「そんなそんな」と首を振る。

「勉強、大事です」

「そうです、集中してください」

小春と愛衣が拳《こぶし》を握りながら強い口調で言っていると、横で朔也が頭の後ろに手を組みながら小さく息をついた。

「それって俺たち三人にも言えることだよねぇ。コハちゃんと愛衣ちゃんと俺も来春三年生で、特進クラスへの進級を狙ってるわけだし」

うっ、と小春と愛衣は耳に手を当てる。

「それはそれは、みんな勉強がんばらないといけないね」

と、学長は愉《たの》しげに笑い、

「それじゃあ、引き続き頼むよ」

と言って部室を出て行った。

二

その後も防犯カメラの映像を皆で代わる代わるチェックしていた。

朔也が何かを見付けたようで、あっ、と声を上げて、マウスをクリックする。

皆は一斉にノートパソコンに顔を向けた。

敷地内に男が入っていく様子が映っていた。

正面玄関ではなく、建物の裏手に回ってしまったので、すぐに姿は見えなくなる。

その映像を停止し、拡大して目を凝らすも、姿はよく分からない。

帽子をかぶっていて、眼鏡を掛けているようだ。

「……なんとなく若い男やな」

「細身だし、身のこなしが軽そう」

だが、その男が『巫狐』だと判定ができるほどではない。

愛衣は画面に顔を近付けて、うーん、と唸っている。

交代していたとはいえ、ずっと映像を確認していたため、皆揃って何度も瞬《まばた》きを始めている。

澪人はマウスをクリックして映像を止めた。

「まぁ、もう日も暮れるさかい、今日はここまでや。明日《あした》は土曜日やし、この週末は皆さん、ＯＧＭの活動から離れて自分の勉強をがんばってください」

そう言った澪人に、メンバーは素直に「はーい」と声を揃える。

各々《おのおの》が帰り支度を始めていると、千歳がそっと澪人の袖《そで》を引いた。

「あの、澪人さん、明後日《あさって》の日曜日、空いてますか？」

「ええ、その日は家に……祇園の櫻井家にいてる予定やけど」

そっか、一緒に暮らしているんですもんね、と千歳は少し面白くなさそうにつぶやいてから、話を続けた。

「僕、祇園に伺いますので、今度こそ勝負をしてもらえませんか？　時間は何時でも大丈夫です」

勝負？　と澪人は目を瞬かせた。

「まだ、そないなこと……」

千歳は慌てたように続ける。

「除霊対決とかではないです。澪人さん、昨日ここで独《ひと》碁をやってましたよね？」

ええ、と澪人はうなずく。

「僕も碁をするんです。施設に碁盤があったので、興味を持って触っていたら先生が教えてくれて……古《いにしえ》の時代、時に血を流さずに、囲碁で対決したこともあったとか。ぜひ、お手合わせをお願いいたします」

千歳は、しっかりと目を合わせてそう言う。

「腕に自信がありそうやね」

はい、と千歳は謙遜《けんそん》せずに、首を縦に振った。

「分かった。ほんなら、日曜の午後二時頃、『さくら庵』で待ってるし」

澪人はにこりと微笑んで答える。

「澪人さんこそ自信がありそうだね」

「どうやろ？」

澪人が首を傾げると、余裕の表情だし、と千歳は面白くなさそうにしながらも、よろしくお願いします、と頭を下げた。

そんな二人の様子を前に、小春はホッとして胸に手を当てた。

また除霊で勝負ということにならなくて良かった。

すると今度は、朔也が澪人の袖をそっと引っ張った。

「あの、賀茂くん、ちょっといいかな」

明らかに先ほどの千歳を真似て訊《たず》ねてくる朔也に、澪人は少し呆《あき》れたように一瞥《いちべつ》をくれた。

「……なんやろ？」

「俺、帰りに白王子の家に行こうと思うんだ」

うん？　と澪人は目を見開く。

「愛衣ちゃんがさ、さっきの眼鏡の男、もしかしたら演劇部の部長の桑原さんじゃないかって教えてくれて。歩き方がちょっと似てたんだって」

そうなんや？　と澪人は愛衣に視線を送る。

愛衣は、はい、と答えた。

「私、舞台が好きなので演劇部の発表を何度か観たことがあるんです。演劇部の部長さんって、舞台の上では大袈裟《おおげさ》なくらい堂々と胸を張って歩いているのに、普段は猫背で遠慮がちな感じが印象に残っていて、ちょっと似てるなって……」

メンバーの中で、演劇部の部長のことを知っていたのは愛衣だけだ。皆は揃って、彼女の観察眼に感心した。

「白王子は演劇部の部長と一緒にいたし、何か知ってるかなって」

　そう言う朔也に、あら？　と由里子が眉根《まゆね》を寄せた。

「それなら、最初から演劇部の部長を突撃したら？」

「演劇部の部長の家は知らないけど、白王子の家は知ってるから」

　朔也の回答に、小春は「そうだったね」と首を縦に振る。

　水城家は静流の祖父・東堂周平の店『アンティーク堂』を継ぐことを決めて、京都に移住したのだ。その店は北大路通《きたおおじどおり》にあるという話だ。

「お店ならいきなり行っても不自然じゃないし、何気なく顔を出して、白王子に会えたら話聞いてみようかなって」

「そらかまわへんけど、なんやこじらせたらあかんし、ほんまに様子を窺《うかが》うだけにしてくれたらて思うわ」

　任せて、と朔也は拳を握る。

　すかさず愛衣が片手を挙げた。

「朔也、私も行きたい！」

「う、うん。じゃあ、愛衣ちゃんも一緒に行こうか」

　朔也はほんのり顔を赤らめて、嬉《うれ》しそうに頬を緩ませる。

「まぁ、愛衣ちゃんが一緒やったら安心やな。ほんなら、ほんまに今日は解散や」

そう言う澪人に、皆はまた園児のように「はーい」と片手を挙げる。

「澪人さん、帰りましょうか」

小春は歩み寄って、澪人を見上げた。

かんにん、と澪人は申し訳なさそうに眉尻《まゆじり》を下げる。

「今日は兄さんに呼ばれてるさかい、悪いんやけど先に帰っててほしいんや。吉乃さんには、夕飯はいりまへんて伝えてるし」

小春は一抹の寂しさを覚えたが、すぐにそれを振り払う。

寂しいのは和人こそだろう。彼は弟の澪人を溺愛《できあい》している。先日、櫻井家での宴会以来、澪人に会っていないはずだ。

「分かりました。和人さんによろしくお伝えください」

小春はそう言って微笑み、皆と共に部室を出た。

三

朔也はスクーターを学園の駐輪場に置いたままにし、愛衣と一緒にバスに乗って、北大路駅へと向かった。北大路駅には地下鉄の乗り場にバスターミナル、複合商業ビルが直結している。

「ここが『北大路商店街』かぁ」

朔也は通りを歩きながら、しみじみと洩《も》らす。

二人は北大路バスターミナルで下車して、北大路通を東に向かって歩いていた。

北大路通を挟んで左右にさまざまな商店が並んでいる。

雑貨屋、パン屋、カフェ、定食屋、洋食店、理美容店、不動産、と多種多様だ。

物珍しそうな朔也の様子を見て、愛衣は少し驚きながら訊ねた。

「もしかして朔也、北大路商店街に来るの初めてなの？」

「うん。北大路通自体は、毎日のようにスクーターで走ってるけど、商店街を歩くのは初めて」

「そっか。意外とそういう人も多そうだよね」

「愛衣ちゃんは？」

「私はたまに来るかなぁ。北大路駅のビルで買い物をしたついでにこの商店街をぶらついたり。そうそう、この通りにも出店した高級食パンのファンで」

「今、高級食パンって流行《はや》ってるよね」

そうなの、と愛衣は首を縦に振る。

「高級の名に恥じない味だよ。そのまま食べてもトーストしてもどっちでも美味《おい》しいの」

「けど、一斤八百円くらいするよね？」

「そうだね。そのくらいだったかな？」

「食パンでその値段って、高すぎな感じがして手が出ないんだよね」

「それも分かる。私も食べる前は同じ感覚だったし。けど、やっぱり美味しいんだよねぇ。それで、思ったのね。パン屋さんで総菜パンを何個か買ったら、たちまち千円くらいいくじゃない？　そう思えば高級食パンってボリュームたっぷり、しかも感動する美味しさだから、ある意味リーズナブルじゃないかって」

　なるほど、と朔也は納得したように腕を組んだ。

「言われてみればそうかもだよね。帰りに買っていこうかな」

　ちょっと単純、と愛衣は小さく笑った。

「『ぜひ、買って帰って』って言いたいところだけど、残念ながらもう売り切れてる可能性も大だよ。大人気なんだから」

　そんなに？　と朔也は目を剝《む》く。

　他愛もない話をしながら歩いていると、軒を連ねる商店の中に、『アンティーク堂』という看板が目に入った。木製の店構えが印象的で、ショーウインドウには白い木馬やアンティーク・ドールが置いてある。

「アンティーク・ショップっていうから、賀茂くんと仲良しの若店長がいる寺町三条《てらまちさんじょう》の骨董《こっとう》品店みたいな店を想像してたけど、またちょっと違う雰囲気なんだね」

うん、と愛衣はうなずく。

「ここはもうちょっと西洋寄りというか、雑貨屋さんの雰囲気だよね」

扉は開放されていて、入りやすい雰囲気だ。

朔也と愛衣は、会釈しながら店の中へ入る。

店内には、四十代と思われる白人女性が商品を並べていた。絹糸のような金色の髪が艶《つや》やかで、とてもほっそりとした美しい人だ。

「いらっしゃいませ」

あまりに流暢《りゅうちょう》な日本語に一瞬驚いたが、すぐに彼女が静流の母親の竹美《たけみ》であるのを察した。とてもよく似ているのだ。

竹美は二人の制服を見て、あら、と目を大きく開く。

「もしかして、学徳学園の生徒さん？」

すかさず朔也は、そうなんです、と前のめりになった。

「もしかして、静流くんのお母さんですか？」

「はい、水城竹美といいます。あなた方は静流のお友達かしら？」

「僕たちは静流くんと同じ学徳学園の二年生なんですが、静流くんとはまだ挨拶《あいさつ》したことないんです。けど彼って超カッコいいから憧《あこが》れていて友達になりたいなぁ、なんて思っているんですよねぇ」

朔也は持ち前の人懐っこい笑顔を全開にして話す。

愛衣も負けじと続けた。

「静流くん、学園では白王子って呼ばれているんですよ。本当に王子様みたいですよね。私も大ファンです」

竹美の好感を得ようと大袈裟に言ったのだが、朔也はあんぐりと口を開けて、呆然《ぼうぜん》としながら愛衣を見た。

「え、愛衣ちゃん、そんなにファンだったの？」

小声で訊《たず》ねる朔也に、愛衣は呆《あき》れながら目配《めくば》せをした。

まあ、と竹美は嬉しそうに頬に手を当てる。

「その話を聞いたら静流、喜ぶわ。特にあの子、女の子に嫌われがちだったから」

その言葉に、んん？　と朔也と愛衣は揃って、眉根《まゆね》を寄せた。

「あの、『女の子に嫌われがち』ってどういうことですか？」

「前の学校での話ね。編入先ではがんばるって言ってたから」

ふふっ、と竹美は笑う。

朔也と愛衣は、顔を見合わせる。

「静流くんに嫌われる要素ってありますか？　だって、超絶美形の王子様じゃないですか。少女マンガから抜け出してきたような感じで、薔薇背負《ばらしょ》ってそうだし」

「もしかして、イケメンすぎて女の子をとっかえひっかえだったり？」

詰め寄る二人に、

「そんなんじゃないのよ……」

竹美は弱ったように肩をすくめ、あの子はね、と話を始めた。

四

一方澪人は、皆がいなくなった後も部室に留《とど》まり、防犯カメラの映像をチェックしていた。

延々と早送り映像を見続けても、特に怪しい動きをする人物はおらず、小さく息をつく。

「今日はこのくらいやな」

ノートパソコンを鞄《かばん》の中にしまい、部室を出る。

塔を出ると、すっかり陽が暮れている。そろそろ、和人も到着しているだろう。

澪人はスクーターに乗って、走り出した。

行き先は下鴨《しもがも》の実家ではなく、上賀茂にある賀茂邸だ。そこは元々祖父母の家だが、今や賀茂家陰陽師《おんみょうじ》の集会所となっている。

澪人は、賀茂川の畔《ほとり》の道を走り抜けて、東に曲がって橋を渡った。上賀茂神社を横目に見ながら進んでいくと、そこに賀茂邸がある。

祖母が他界したあと、祖父は下鴨の家に身を寄せている。

それから賀茂邸は一族の者が交代で管理をしていた……のだが、いつしか主な管理人は、松原となっていた。

その松原が宗次朗の店を手伝うようになったため、現在、上賀茂の賀茂邸の管理は再び交代で行っている。

今日の当番は、和人なのだ。

澪人は駐車場にスクーターを停めた。

屋敷の引き戸を開けると、格式の高い社寺のように磨かれた廊下が目に入る。

ただいま、と囁《ささや》いて、澪人は家の中に足を踏み入れる。

ほっとするのを感じた。

澪人は、幼い頃から実家よりもこの家の方が落ち着く。澪人の母が、特殊な能力を持つ澪人を恐れていたため、実家では気が休まらなかったのだ。

今、下宿している櫻井家もとても楽しいが、やはり気を張っている。

陰陽師が集うこの上賀茂の賀茂邸は、どこよりも落ち着く空間なのかもしれない。

キッチンからカレーの匂いがしたので顔を出すと、和人が振り返った。

「お帰り、澪人。カレー作ったんだけど、食べる？」

腰に黒いエプロンを着けて、お玉を手にしている。

その姿は主夫——というよりも、料理人のようだ。

幼い頃から母の隣にいて台所仕事を手伝っていた和人は、いつしか母よりも料理の腕を上げていた。

「おおきに、いただきます」

「庭が見える部屋で食べようか。その前に、ちゃんと手を洗うんだよ」

「分かってますし」

澪人は小さく笑って、洗面所へと向かう。

その間、和人は皿に白米とカレーを盛り、サラダの小皿と一緒にトレイに載せて、中庭を望める和室のテーブルに運んでいた。

「サラダまであるんや」

澪人は座布団の上に腰を下ろして、会釈する。

「それだけじゃなく、キンキンに冷えたビールもね」

和人はニッと笑って、缶ビールを二つ、テーブルの上に置いた。

「こら、ありがたい」

「さっ、乾杯しよう」

澪人と和人はビールを開け、お疲れ様、と缶を合わせてから、口に運ぶ。

たまらん、と二人は揃って目を瞑《つむ》った。

その後に、いただきます、と手を合わせて、カレーを食べ始める。

「……舌が痺《しび》れるような激辛やね」

「あ、辛すぎたかな？」

「いえ、カレーはこのくらい辛い方が好きやさかい」

「だよね。家ではなかなかここまでの激辛は作れないからさ。もちろん、辛すぎないカレーも好きなんだけど」

激辛カレーを食べながら、澪人は、ふっと頬を緩ませる。

「どうかした？」

「前世の僕は、辛いもんが苦手やったんや。そやけど、今世は違《ちご》てる。なんや不思議なもんやなって」

しみじみと言う澪人に、和人は小さく笑った。

「そりゃそうだよ。そもそも器が違うんだし」

器……、と洩《も》らして、澪人は自分の掌《てのひら》を見た。

前世の自分とは、肌の色から髪の質まで、何もかも違っているのだ。

「……ほんまやね」

ずっと陰陽師稼業を手伝ってきたが、未《いま》だに魂がなんなのかハッキリと分かっているわけではない。

もし、『想い』や『経験値』だとするなら、それを一部引き継いでいるだけ。

今は、あの頃とは違うステージで生きているのだ。

ふと、小春の姿を思い浮かべる。

前世に夫婦だったとしても、今世がどうなるか分からない。前世とは違う経験を得るために、輪廻《りんね》転生している可能性は大いにある。

「やっぱり、悩める澪人の顔は萌《も》えるなぁ」

その言葉に、澪人は我に返って、顔を上げた。

和人が愉《たの》しげに目を細めながら、こちらを見ている。

「……悪趣味や」

澪人はばつが悪くなって、カレーを口に運んだ。

「千歳くんのこと、気にしてるんだ？」

そう問われて、澪人はごほっとむせた。

すぐにビールを飲んで、落ち着かせる。

「気にしてないて言うたら嘘になります。そやけど、それはキッカケやね」

「キッカケ？」

「小春ちゃんとは前世で夫婦や。今世でも巡り逢《あ》えて想いを結べて、なんやすっかり落ち着いた気持ちになってたんや。このまま同じ時を過ごして、来るべき日に結婚して、縁があったら子どもにも恵まれて歳をとっていくんやろうて何の疑いもなく信じていて」

　うんうん、と和人は相槌《あいづち》をうつ。

「だけど、そうやないんやなて。未来はどうなるか誰にも分からへん」

「そうだよね。この世に『絶対』はないんだよね」

　和人はビールを飲んで、でもさ、と庭に目を向けた。

「だからこそがんばれるんじゃないかな。特に男は『絶対、大丈夫』なんて思った途端、駄目になっていくと思うよ。それは慢心なわけだし」

　ほんまやね、と澪人は苦笑する。

　和人の言う通り、自分は慢心していたのだろう。

　想いが通じ合っているだけではなく、互いに特殊な能力を持っているというのも、二人をつなぐ大きな絆《きずな》だと思っていた。

　そういう意味でも、彼女には自分だけだと……。

　だが、千歳が成人したなら、話は変わってくる。

また、かつて小春に『結婚したい』と思っていた人がいたように気持ちは変わってしまうものなのだ。

気を引き締めなければ、と澪人は小さく息をつく。

和人は、ふふっ、と笑った。

「悩んでる悩んでる」

澪人は面白くなさを感じて、反撃しようと口を開いた。

「そういえば、由里子さんの進路のこと、兄さんも聞いたはる？」

「獣医さんを目指したいって話だよね。もちろん聞いてるよ。それに背中を押したのは僕だし」

「そうやったん？」

うん、と和人はうなずく。

「由里子さんが、『この年齢《とし》になってなりたいものが見付かったけど、今からでは遅いと思うんです』って言ってるから、最初はその若さで何を言ってるんだろうと思ったよ。聞いたら、獣医さんになりたいって話でさ」

澪人は黙って相槌をうつ。

「それだと大学を受け直さなきゃならないし、親にも負担をかけるわけだし、悩むのは分かるよね。でも、そこで何もせずに諦《あきら》めるのは違うと思ったんだ。だから、『親への恩返しは後からでもできるから、とりあえず話を聞いてもらったら？　諦めたり、落胆したりするのはその後でいいと思うよ』って伝えたんだよ」

「それで、由里子さんのご両親は？」

「最初は驚いて戸惑って、困った顔をしたみたいだけど、『由里子がそこまでの強い想いなら応援する。とりあえず受験がんばりなさい』って言ってくれたみたい」

　そうやったんや、と澪人は頬を緩ませる。

「獣医さんになった由里子さん、絶対尊いね。動物たちを助けようとがんばる姿を実際に見ちゃったら、俺、泣いちゃうかも」

　兄さんらしい、と澪人は笑う。

「兄さんは由里子さんに病院を手伝ってもらいたいて思わへんかったん？」

「ううん、それは別に。心からその病院の仕事が好きで、手伝いたいと思ってくれるなら嬉《うれ》しいけど、そうじゃないのに僕がいるからって、手伝ってもらわなくてもいいかな。僕は好きな人が生き生きしている姿を見るのが好きだから、自分のやりたいことをやってほしい」

「へぇ、生き生きしてる姿を見るのが好きなんや。僕に関しては僕が悩んだり苦しんだりしてるのを、喜んでるのに？」

「それは澪人がずっと人間離れしてたからだよ。今、ちゃんと人間になって、人生を堪能《たんのう》している様子がお兄ちゃんは嬉しいんだ」

「『お兄ちゃん』て……兄さんは、そもそも医者になりたかったんやろか？」

どうだろう？と和人は首を傾げる。

「本当を言うとね」

「うん？」

「僕は陰陽師《おんみょうじ》になりたかった」

和人はしっかりと目を合わせて言う。

その眼差《まなざ》しの強さに、澪人は言葉に詰まる。

「けど、それは絶対に無理だよね。その能力がないからどうしようもないんだよね。……うちは産婦人科医で生命《いのち》の誕生に立ち会う仕事だよね。それって人の目に見えないものと戦う陰陽師の対極にある仕事だと思ったんだ」

澪人は何も言わずに、そっとうなずく。

「対極って正反対ということではなくて一つの棒の端と端にあってつながってるものだと思う。賀茂家の産婦人科医は、僕の中で陰陽師とつながっているんだ」

和人は、晴れやかに微笑んで言う。

その笑顔と言葉を前に、澪人の胸に熱いものが込み上げてくる。

「……ほんまに、兄さんがなろうとしてる仕事は素晴らしいて思います」

「だよね。俺もそう思ってる」

和人はそう言っていたずらっぽく微笑み、そうそう、と話を続けた。

「今日呼んだのは、話があったんだ」

はい、と澪人は座り直した。

「そんな畏《かしこ》まらなくていいんだけど、澪人さ、いつまで櫻井家にいるの？」

痛いところを突かれた、と澪人は苦々しい表情で目をそらす。

「別に責めてるわけじゃないよ。元々、純粋に吉乃さんたちが心配だったわけだし。けど、櫻井家はもう大丈夫なようだし、あの家に行ってから、澪人、夜遅くまで仕事してるらしいじゃん。それって、あえてなんだよね？」

「…………」

「好きな女の子と一つ屋根の下って、なかなかつらいんだよね？」

何もかも見透かされていて、澪人は目を伏せながら、ふーっと息をついた。

「そうやねん。ほんまに、ちょっと大変や。お風呂《ふろ》とか僕が最後なんやけど、彼女が入った残り湯かと思うと、浴槽には入られへんし、ついシャワーばかりに」

えっ、と和人はのけ反った。

「そんな感じにまでなってたんだ。澪人、お風呂大好きなのに、妄想男子は大変だ」

「妄想男子て。水は波動が移りやすいさかい、ダイレクトに小春ちゃんの気を感じるんや。そらあかんて思うし」

「でも、吉乃さんの気もだよね？」

「それはええねん」

「ええねんて」

「僕が意識してへんから、キャッチしぃひんのや」

「あ、そういうこと。小春さんを過剰に意識してるってことだね」

「そうやねん。前に下宿させてもろてた時と今では、状況が違《ちご》てるんや。今の状態は、互いにとって良くないて思てる」

　そっかぁ、と和人は頬杖《ほおづえ》をつく。

「きっと大変なんだろうと思ってたけど思った以上だね……でも、澪人は下鴨の実家にもあまり戻りたくないんだよね？」

　まぁ……、と澪人は曖昧《あいまい》に答える。

「一人暮らしも考えてて」

　それなら、と和人が前のめりになって、言葉をかぶせる。

「僕としては、ここに住んでほしいんだ」

「ここて、この上賀茂の賀茂邸に？」

「そう。松原さんがいなくなった後、交代でこの家を管理しているけど、みんなそれぞれ忙しいし、誰か住んでくれたらってみんな思ってるよ。お祖父《じい》ちゃんはもう歳で、こんな大きな家の管理は大変だしね」

　ああ、と澪人は、部屋を見回す。

「ほんまやね。それが一番かもしれへん」

「そう思うと、小春さんとの同居生活が名残惜しくなってきたり？」

「それはもちろんそうやけど、もしかしたら離れて暮らした方が一緒の時間を作れそうな気ぃします」

「まぁねぇ、吉乃さんが側にいるところで、そんなにイチャイチャもできないよね」

いたずらっぽく笑う和人に、澪人は弱ったように目をそらす。

　和人は、ふふっ、と笑って、話題を変えた。

「そうそう、学長からの依頼は片付いたんだよね？」

「ええ、一応。なんや奇妙なことになってるんや」

　と、澪人は一連の流れを和人に話した。

　聞き終えた和人は、ふぅん、と相槌《あいづち》をうつ。

「ええと、話を纏《まと》めると、幼稚舎の靴箱に石が入っていた。建物の心霊現象はおそらくその石の影響。掃除用具入れの中に動画配信者のお面が置いてあった。そして防犯カメラには不審な若者の姿が映っていた……ってことだよね？」

前のめりになる和人に、澪人は「そうや」と答える。

和人は、ふむ、と顔をしかめ、あのさ、と視線を合わせた。

「地面に何か書き込んでいた人っていうのは、その人とは違うのかな？」

その言葉に、うん？　と澪人は訊《き》き返す。

「地面に書き込んでた人て？」

「学長からうちに電話が来た時に聞いたんだよ。ちょっと興奮気味にさ」

和人は顎《あご》に手を当てた状態で、ええと、と思い出すように天井を仰ぐ。

「幼稚舎を買いたいと申し出た会社のスタッフが少し前に建物の門外をウロウロする若い男を見かけたそうなんだ。その男は地面に何か書き込んでいたんだって。不審に思ったスタッフはそのことを学長に報告した。もしかしたら勝手に侵入して落書きでもされていたら大変だと思って、確認のために二人で幼稚舎の中に入ったそうなんだ。そうしたら、ラップ音に呻《うめ》き声、子どもの影も見えて、二人で泣きながら逃げてきたって言ってたよ」

泣きながらて、と澪人は眉根《まゆね》を寄せる。

「そら、初耳や。学長、僕にも全部伝えてほしいし」

「除霊さえしてもらえればＯＫだったんだろうね」

「その人の特徴とか聞きました？」

「帽子をかぶって眼鏡をかけていたそうだよ。顔もチラッと見たそうだけど、普通の大学生っぽかったって」

「眼鏡……」

演劇部の部長は眼鏡をかけていた。それだけで特定するのは、いささか乱暴だろうが、愛衣の証言もある。

週明けに話を聞きに行ってみよう。

澪人は静かにそう洩《も》らして、ビールを飲み干した。

＊　＊　＊

上賀茂の賀茂邸を出た澪人は、櫻井家に帰る前に確認をしようと、旧幼稚舎へと向かっていた。

アルコールを摂取してしまったので、スクーターには乗らずに徒歩だ。

とはいえ、同じ北《きた》区内なのでそう遠くはない。

防犯カメラが機能していたのは園庭や入口だけで門外は映らない。

眼鏡をかけた男が『地面に何かを書いていた』というのが心に引っかかっていたためだ。

旧幼稚舎に辿《たど》りついた時は夜九時を過ぎていて、辺りはとても静かだった。

この前まで鬼火が飛び交っていた建物も、今は落ち着いている。

澪人は手袋をはめて、ポケットから懐中電灯を取り出す。

地面を照らしながら確認していくと、敷地の角に差し掛かるところで地面が盛り上がっているのが分かった。

「…………」

こんもりとした土を払っていくと、中から白い三角柱の陶器が出てきた。

三角柱の底をスライドさせると開くようになっている。中を確認したところ、粗塩が詰め込まれているようだ。

「盛り塩……？」

さらに調べていくと、敷地の四つ角すべてに同じようなものが埋まっていた。

取り出した三角柱の陶器にライトを当てて、さらに確認すると湿気で固まった塩の中に、小さな紙が入っているのが見える。

澪人は胸ポケットからペンを取り出す。

ペンの先で丁寧に塩を崩し、するりと紙を抜き取った。紙は長方形で一般の人には読めないであろう、文字が書かれている。

――霊符だ。

「巫狐が建物の中に心霊スポットで拾った石を入れていって、演劇部の部長が霊符入りの盛り塩をしてたてことやろか……？」

どういうことや、と澪人は静かに洩らして、建物の方を向く。

暗闇の中に白い壁の洋館が、ぼんやりと浮かび上がっていた。

第四章　柚子饅頭とダムの龍神。

一

はぁ、と小春は、窓の外を眺めて息を吐き出す。

一人で櫻井家に帰った小春は、吉乃と共に夕食を摂《と》り、入浴を済ませた。

今は自室で勉強をしている。

集中が途切れると、ついつい首を伸ばして窓の外を確認してしまう。

櫻井家の玄関は裏手にあるが、表通りから裏に回るため、もし澪人が帰ってきたら姿を見られるためだ。

ふと時計に目を向けると、夜九時三十分。

「小春、私はもう寝るし。おやすみ」

廊下から聞こえてきた吉乃の声に、「はーい、おやすみなさい、お祖母《ばあ》ちゃん」と小春は返す。

「お祖母ちゃん、相変わらず寝るの早い」

吉乃はいつも、夜十時前に就寝する。

小さく笑っていると窓の外で人の気配がし、小春は弾《はじ》かれたように身を乗り出して、窓の外を眺めた。

だが、それは見知らぬ通行人で、澪人ではなかった。

「……駄目だ。全然集中できない」

小春は頭を振る。少し休憩しようと、ベッドに横たわった。

再び澪人と同居できるようになって喜んでいたのも束の間。彼の帰りはいつも遅く、一緒に夕食を摂れた日は数えるほどしかない。

ついつい今日は早く帰ってくるのだろうか？　今夜は一緒に食事できるだろうか？　などと考えては、寂しくなる。

「今日こそは一緒に夕食食べられると思ったのにな……」

でも仕方がないことだ、と自分に言い聞かせてクッションを胸に抱き、顔を押し付ける。

澪人は陰陽師《おんみょうじ》の仕事で忙しい。

それに対して、何か言えるわけではないのだ。

「これじゃあまるで『私と仕事、どっちが大事なの？』なんて言っちゃう奥さんみたいだよ……」

気分が落ち込んでいたが、自分が発した『奥さん』という言葉に頬が緩んだ。

そうか、これは世の奥さんが抱く寂しさに似ているのかもしれない。

そう思うと、がんばれるような気持ちにもなってくる。

気を取り直して体を起こしていると、トントン、とノックする音がした。

小春は、ぱちりと目を瞬《またた》かせる。

吉乃が自室から出てきた音はしていない。

澪人だろうか、と一瞬思ったが、帰ってきた気配はない。

何よりそのノック音は、扉からしているわけではなかった。

小春の内側で、響いている。

花や果実のような香りがふわりと漂っている。

小春は瞬時に気が付いて、ふふっと笑う。

「どうぞ、若宮くん」

そう言うと部屋の中心に小さなつむじ風が起こり、若宮が姿を現わした。

いつものように水干に烏帽子《えぼし》という出《い》で立ちだ。絹のような艶《つや》やかな黒髪、整った美しい顔立ちは、澪人とよく似ている。

これまでと違っているのは、少年ではなく、青年の姿だということ。

若宮は小春を見るなり、にこり、と微笑んだ。

『小春さん、モテモテですね』

開口一番そんなことを言う若宮に、小春は目をぱちりと瞬かせた。

すぐに千歳のことを言っているのだと察して、苦笑する。

「モテモテだなんて……」

小春は立ち上がって小さなテーブルの前にちょこんと座る。若宮は、失礼します、と向かい側に腰を下ろした。

若宮は扇で顔を隠しながら、ふふっ、と笑う。

『このような時間に他の男があなたの寝所を訪れたと知ったら、澪人さんは怒りそうですね。ああ、もちろん、わたしに対してですが』

小春は、ぷっ、と笑う。

「『他の男』だなんて……若宮くんだし」

『それはすなわち、わたしが「対象外」だから問題ない、ということですよね？』

その問いに小春は戸惑いながらうなずく。

「あ、うん。だって、実際そうだよね？」

すると若宮は扇を置いて、ええ、とうなずいた。

『もちろん、そうです』

どこか寂しそうな若宮の微笑みを見て、小春はそっと顔を近付ける。

「若宮くん、どうかした？」

『実は、ちょっとしたわけがありまして、わたしと澪人さんは一部つながっているんですよ』

つながっている？　と小春は少し前のめりになる。

『古《いにしえ》の時代、わたしがあなたの許《もと》から去る際、わたしは、わたしの力を左近衛大将《さこんえのだいしょう》に渡しました。あなたを護《まも》る力になればと思ったのです』

このことはすでに澪人さんには伝えているのですがね、と若宮は続ける。

小春は、ごくり、と喉《のど》を鳴らした。

あの頃、自分は婚姻を結んだと同時に、すべての力を失ってしまった。

だから左近衛大将が力を得ていたかどうか分からない。

しかし健康だった彼が、なぜ若くして亡くなってしまったのか不可解でもあった。

「もしかして、左近衛大将が若くして亡くなってしまったのは、それが……？」

みなまで言わずとも、すぐに事態を察した小春を前に、若宮はばつが悪そうに目を伏せる。

『そうです。小さな器に大きな力を注いでしまったが故のこと。本当にあの頃のわたしは、やることなすこと裏目に出てしまいました。本当に申し訳なく思っています』

若宮はそっと頭を下げる。

ううん、と小春は首を振る。

「もう、過去世の話だし、若宮くんのせいとかじゃなく、森羅万象のからくりというか、宇宙の計らいだったとも思う。何より澪人さん本人がそのことを許しているだろうし……」

ありがとうございます、と若宮は力なく笑う。

『まぁ、そういうわけで、わたしと澪人さんは一部つながっているんです。そのせいか、わたしはあの頃よりも随分と俗っぽいのですよね』

「えっ、俗っぽい？」

『とても人間臭い感情を抱くことがあるんです。人とつながってる影響ですね』

そういうものなんだ、と小春は相槌《あいづち》をうつ。

『俗っぽい男性の心理というのは、本当に手前勝手なものだと思いましてね』

若宮は、自分自身に呆《あき》れたように、息を吐き出す。

「勝手って、若宮くんが？」

『そうです。かつてのわたしはあなたに乞《こ》われたことで、困惑して姿を消しました。今のあなたはというと、わたしなど眼中になくなっています。そのことに安心しているのですが、同時に少し寂しくも感じているんです』

若宮は扇で口許《くちもと》を隠し、ふふっと笑う。

「思った以上に自分勝手」

小春は目を丸くしたが、すぐにぷっと笑った。

「でも、それって、父親的な感情みたい」

そうかもしれませんね、と若宮はうなずく。

『幼い頃はお父さんのお嫁さんになりたいと言っていた女児も、成長と共にその感情は一時の幻だった、と目を覚ましていくわけですし』

そうそう、と小春は小さく笑いながら相槌をうつ。

若宮は微笑むのをやめて、実はですね、としっかりと小春を見た。

『わたしがここに来たのは、そのことなんです。少々お節介な忠告をしたいと思いまして』

突然、真剣になった若宮の表情を見て、小春は戸惑いながら視線を合わせる。

『あなたは、あの頃のわたしと同じになっていますよ』

小春は、えっ……？　と静かに洩《も》らす。

若宮が何を言っているのか分からなかったが、すぐに千歳からのプロポーズを指しているのに気が付いた。

小春さん、と若宮は優しく呼びかける。

『かつて、とても小さく可愛いらしい子がわたしを慕ってくれていました。その子はわたしのお嫁さんになりたい、と純粋に想ってくださっていました。わたしはそんな彼女を微笑ましく思うだけで、その気持ちを受け流していました。「対象外」だったからです……ですが、それは結果的に彼女を大きく傷つけました』

ずきん、と小春の胸が痛む。

若宮は、かつての自分たちのことを言っていた。

そして、今小春がやっているのは、あの時の若宮と同じだと……。

『あまりにもあの頃の自分と重なったので、つい忠告に来てしまいました』

若宮はそう言って、柔らかく目を細める。

「若宮くん……」

『どうか、あの子の気持ちに「子どもだから」などと受け流さずに、ちゃんと真剣に向き合ってあげてください』

そう続けられ、小春は目を伏せる。

若宮の言う通りだ、と両手を固く握った。

「本当だね。私も、あんなに真剣だったのに、千歳くんの気持ちを『幼い子の気持ちなんて、そのうち変わるものだから』って思ってしまっていて……」

小春は大きく息を吐き出す。

「自分の気持ちが変わったからといって、それはないよね……」

反省、と肩を落とした。

若宮は、そうですよね、と少し愉《たの》しげに笑う。

『昔の小春さん……あの頃の玉椿《たまつばき》はわたしを想ってくれていました。ですがその後、左近衛大将を想うようになった。そういうことがあったから、あなたは「気持ちは変わるものだ」と思っていらっしゃるのですよね？』

ううん、と小春は首を振った。

「それとはまた違っているの」

『違っている？』

「うん。前世じゃなくて今世の私……櫻井小春はかつて結婚したいと思っていた人がいて、その想いがなくなったから、気持ちって変わるものだって思っていて」

えっ、と若宮は目を開く。

……澪人さんがそのことでぶつぶつ悩んでいましたが、てっきり、わたしは今世の話ではなく、前世の話かと思っていました。だというのに、澪人さんは相変わらず悶々《もんもん》としていて、まったく可愛らしいと思っていたんですが……なんと小春さんは、本当に以前結婚したいと思っていた方がいたわけなんですね……。

扇で顔を覆ったままぶつぶつと話す若宮を前に、小春は小首を傾げる。

「若宮くん、なんの話？」

いえ、こちらの話です、と若宮は扇を閉じた。

『前にも話しましたが、大事なのは今です。今の千歳くんの真剣な想いを受け止め、そして今、あなたの大切な想いをどうか、ちゃんと伝えてください』

小春は黙って若宮の顔を見る。

『神と人ですら意思の疎通ができないことが往々にしてある。人同士ならばなおさらです。そのために「言葉」があるのですから』

はい、と小春は強い眼差《まなざ》しで、うなずいた。

「……私も、せっかく一緒に暮らせているのに、二人の時間がなくて寂しく思っているのをちゃんと伝えようかな」

『そうですね。それが良いでしょう』

若宮はにこりと目を細めた。

「ありがとう、若宮くん」

若宮が降臨し、会話をするというのは、自分が思っている以上にエネルギーを要するようだ。

気が付くと小春は眠りについていて、遅い時間に澪人が帰ってきたのにも気付くことなく、寝てしまっていた。

二

　翌日、土曜日の午後。

　澪人は『さくら庵』の片隅にあるテーブルで独《ひとり》碁を打っていた。

　店内には和楽器の音楽が静かに流れていて、合間に、ぱちん、と澪人が碁石を置く音が、まるで合いの手を入れているように響いている。

　小春は自室で勉強していて、吉乃はというと木製カウンターでせっせと御守づくりに精を出していた。

　完成に近付いたようで、うん、と満足気にうなずいている。

　澪人はそっと口角を上げて、吉乃の方を向いた。

「吉乃さん、その御守、噂の新作やろか？」

「そうや。今、なかなかの人気で生産が追いつかず大変なんやで」

「吉乃さんお手製の御守は前々から知る人ぞ知るて感じやったけど、急に人気が出たんはなんでです？」

　それがな、と吉乃は前のめりになる。

「私もなんでやろ思てたら、杏《あん》ちゃんやねん」

「姉さん？」

「あの子、私の御守をいつもバッグにつけてくれててな、他ではあんまり見ない御守やって、ネットで話題になったそうなんや。ほんで、ファンが杏ちゃんに聞いたらしいねん」

「で、姉さんがここで買《こ》うたって答えて、評判になったんやな」

なるほど、と澪人は納得しながら、碁石を置く。

「いきなりお客さんが増えてびっくり仰天や。有名人の影響力てすごいもんやねぇ。杏ちゃんに感謝や」

「ほんでも迷惑やったんちゃいます？」

「御守が一気になくなってしもたけど、それは嬉《うれ》しい悲鳴や。商売やっててお客さんがようけ来てくれはるのが迷惑なんてことあらへん」

「ほな良かったですけど」

澪人はそれでも少し申し訳なさそうに言う。

そうや、と吉乃は思い出したように顔を上げた。

「澪人ちゃん、千歳くんに囲碁勝負を挑まれたんやて？」

ええ、と澪人はうなずいた。

「明日《あした》の午後、ここに来るて」

「負けられへんなぁ」

いたずらっぽく笑う吉乃に、ほんまに、と澪人は笑みを返す。

「ほんで澪人ちゃんは、さっきから険しい顔をしてるんやな？」

そう問われて、澪人は手を止める。

「僕、険しい顔してました？」

「ここに皺《しわ》がググーッて寄ってたし」

と、吉乃は自分の眉間《みけん》を指差す。

「そら、あきまへんね」

澪人は両手の指先で、眉間を伸ばす素振りをした。

「けど僕、千歳くんのことを考えていたんとちゃうんや」

「ほんなら、動画かなんやらのことやろか」

「それもそうやし、他にも……」

「他て？」

「そらまた、後にでも……」

今は言いたくなさそうな澪人の様子を見て、吉乃は黙って相槌《あいづち》をうつ。

「動画の話に戻しますけど、吉乃さんはあれ、どない思います？」

澪人に問われ、まぁなぁ、と吉乃は息をつく。

「昔から、肝試しは後を絶たへんてことやなぁ」

「吉乃さんも肝試ししました？」

そんなんしぃひん、と吉乃は顔をしかめて、首を振った。

「普通の人が怖いて感じるとこはやっぱり留《とど》まっている霊がたくさんいてるもんや。一つ一つの力は小そうても、そないたくさんの霊を相手にしたない。めんどくさいやん」

嫌だ嫌だ、と吉乃は肩をすくめる。

ほんまに、と澪人が苦笑していると、吉乃は何かを察知したようで、「あっ」と店の外に目を向ける。

「誰か来はるわ」

その言葉から、約十秒後だ。

「こんにちは」

明るい声が店内に響き、松原が暖簾《のれん》をくぐってきた。彼は調理帽に白衣という職人の出《い》で立ちで、コンテナーバットを抱えている。

「宗次朗さんの『モダン羊羹《ようかん》』が完成したので、お届けに参りました」

吉乃は、目を輝かせて立ち上がる。

「こら、松原さん、おおきに」

「松原さん、お疲れ様やね」

と澪人も会釈する。

いえいえ、と松原は首を振り、店内の小さなガラスのショーケースに目を向けた。

「私がケースに並べてもいいですか？」

「そこまでしてくれるのん？　ほんまに至れり尽くせりやな」

吉乃が嬉しそうに頰に手を当てている側で、松原は手際よく『モダン羊羹』の箱をショーケースの中に並べていく。

澪人はパッケージのデザインが気になって、立ち上がった。

ステンドグラスを彷彿《ほうふつ》とさせる縁取りの中に『モダン羊羹』とレトロなフォントで記されている。

「へぇ、なかなかお洒落《しゃれ》やなぁ」

「ほんま、モダンやねぇ」

「こちら杏奈さんがデザインしたんですよ」

松原は、ふふっと笑う。

「姉さんが……」

意外、と言いそうになり、澪人は口を閉じた。

思えば杏奈は、昔から美的センスがあったのだ。

「杏ちゃんなんや。てっきりまた、八雲《やくも》さんに頼まはったのかて思たわ」

吉乃は感心したようにつぶやく。

「宗次朗さんも最初は八雲さんにお願いしようとしていたんです。そうしたら、杏奈さんが『私のデザインを見てから決めてほしい』って言いましてね」

八雲は宗次朗の昔の恋人、いわば『元カノ』というものだ。いくら今健全で良好な関係だとしても、杏奈としては面白くないだろう。

きっと必死になってデザインしたに違いない。

澪人はパッケージを見ながら、そっと口角を上げる。

「これは常温で大丈夫なので。賞味期限は側面にシールを貼ってます」

松原は商品をすべてショーケースに並べたあと、そしてですね、とコンテナーバットの中から飾り気のない白い箱を取り出した。

「こちらは試作品です。皆さんに試食してもらいたいと宗次朗さんが……」

その言葉に吉乃と澪人は、顔を明るくさせた。

「そら、楽しみや」

「宗次朗さん、健在やね」

吉乃は箱を開けようとして、手を止める。

「おや、また誰か来はる」

吉乃は顔を上げて、外に目を向けた。

澪人と松原が、えっ、と振り返ると、

「こんにちはっ」

愛衣と朔也が、息を弾ませながら店に入ってくる。

「愛衣ちゃんに三善君……」

澪人はぽかんとして、二人を見た。

「突然、すみません」

「分かったことがあってさ」

二人がやってきたのを自分の部屋の窓から見ていた小春はすぐに一階店舗に下りてきて、「愛衣、朔也くん」と声を掛けた。

「あっ、小春。急にごめんね」

小春は、ううん、と首を振る。

「ほんで、分かったことってなんやろ」

澪人が訊《たず》ねると、朔也が答える。

「配信者の巫狐は週に一度、決まって日曜日に動画を投稿してるじゃん？　それって、彼が学生だからじゃないかなって。学校が休みの土曜日に心霊スポットに行って、編集して日曜日に投稿してる気がして」

それで、と愛衣が話を引き継いだ。

「『次にどこに行くんだろうね』って朝から朔也と電話で話しながら、私はパソコンで心霊スポットを紹介しているサイトをいくつかチェックしていたの。そうしたら、このサイトに行きついて……」

愛衣はそう言って、スマホの画面を皆に見せた。

それは、京都の心霊スポットを写真と文章で紹介しているよくあるサイトだ。

「これが……？」

と、小春は画面に顔を近付ける。

沼や池、トンネルや廃墟《はいきょ》と順に並んでいた。

小春は、あっ、と声を上げた。

「もしかして、この順番、巫狐さんの動画配信順と一緒⁉」

そうなの、と愛衣が強くうなずく。

「紹介サイトはいくつかあるんだけど順番がピッタリ一緒なのは、このサイトで……巫狐さんはこのサイトを参考に、上から順に行ってるのかもって」

「ほんなら、次は？」

と、澪人もスマホに顔を近付ける。

「次が最後なんですよ」

一番下に『天ヶ瀬《あまがせ》ダム』と書かれている。

「天ヶ瀬ダムって？」

首を傾げる小春を見ながら、澪人が答える。

「宇治《うじ》にある大きなダムやねん。どこのダムもそうやけど、そこも例に漏れず自殺の名所て言われてるんや」

「それじゃあ、土曜日の今日、巫狐さんはそこで動画を撮影する可能性があるってことだよね？」

そういうこと、と朔也は強くうなずく。

「ねぇ、賀茂くん、これからみんなで行けないかな。このサイトで紹介しているスポットは天ヶ瀬ダムがラストだし、巫狐が次どこ行くか予測つかないしさ」

朔也の申し出に、澪人は弱ったような表情を浮かべる。

「そやけど、天ヶ瀬ダムは行きにくいんや。公共交通機関を使《つこ》うた場合、宇治駅までここから約三十分。そこからダムまで徒歩で約五十分はかかる。車やバイクで行っても、あそこは駐車場もあらへん。ほんでたしか午後四時半くらいで閉門なはず。間に合わへんやろて思うんや」

時計に目を向けると、午後三時を過ぎたところだ。

間に合いそうにない、と朔也と愛衣は、しゅん、と肩を落とした。

「まぁ、駅からタクシーて手もあるんやけど……」

澪人がそう言いかけた時、それまで黙って話を聞いていた松原が、あの、と片手を上げた。

「それなら、私が天ヶ瀬ダムまで運転手をしましょうか？」

えっ、と皆は少し驚いて、松原に目を向ける。

「ちょうど店のワゴンに乗って来たので皆さん乗れますよ。祇園にお菓子を届けた後は直帰していいって宗次朗さんに言われているので、問題ないと思います」

にこりと微笑む松原に、皆は顔を明るくさせた。

「おおきに、松原さん」

「いえいえ、では準備できた人から車に乗ってください」

「俺、もう準備ＯＫっす」

朔也は拳《こぶし》を握り、小春は慌てたように踵《きびす》を返して、階段を上がっていく。

「ちょっとだけ待っててください。お祖母《ばあ》ちゃんの御守取ってきます」

その言葉を聞いて、愛衣はポケットから御守を出して吉乃に見せた。

「あっ、吉乃さん、御守、使わせていただいています。ありがとうございます」

吉乃は、ふふっと笑って目を細める。

「こちらこそ、おおきに。気を付けて行ってくるんやで」

はい、と皆は声を揃えて、店を出る。

続いて小春が、お待たせ、と急ぎながら階段を下りてきた。

「ああ、小春、宗次朗の新作和菓子、たくさんあったさかい、せっかくやから持っていきよし」

吉乃は箱の中から自分の分だけを取って、小春に手渡した。

「ありがとう、お祖母ちゃん」

行ってきます、と小春は箱を胸に抱き、暖簾《のれん》の向こうへと飛び出していった。

三

松原が乗ってきた車は、宗次朗が店のオープンに合わせて購入した中古車だ。

主に配達のために購入した、国産ワゴン車の中でも大きいと言われているもので、自転車なら三台積めるという。その車の運転席に松原、助手席に澪人、二列目に小春と愛衣、三列目に朔也が座っている。

十名はゆうに乗れる車のため、車内は余裕があった。

はじめは『これから配信者を突き止めるために心霊スポットに突撃する！』という緊張感があったが、走っているうちに車内は楽しいムードになっていった。

「さっきの宗次朗さんの新作、たくさん入っていたから、みんなでってお祖母ちゃんが持たせてくれたの」

小春は、傍らに置いていた箱の蓋《ふた》を開けた。

「新作って、どんなお菓子だろう」

愛衣は嬉《うれ》しそうに顔を覗《のぞ》かせる。

箱には柚子《ゆず》そっくりの丸い和菓子が並んでいた。色は黄色で黄緑の葉の模様がついている。一つ一つがビニールで包まれているため、箱から手で取り出して小春は皆に配っていった。

「それは、『柚子饅頭《まんじゅう》』というんですよ。もうすぐ十二月ですし、冬至を意識して作られたそうです」

と、松原が言う。

冬至は昼が短く寒いため昔は、危険な日とされていた。柚子の香りは邪気を祓《はら》うと考えられていて、禊《みそぎ》として柚子風呂《ぶろ》に入っていたそうだ。

包みを開けると、ふわっ、と柚子の甘酸っぱい香りが広がり、いい匂い、と小春はそっと囁《ささや》く。

外側は、ほんのり甘い饅頭の皮で、中は柚子風味の餡《あん》だ。

一口食べて、その爽《さわ》やかさに小春は「んんっ」と唸《うな》った。

「美味《おい》しい、なんて爽やかさ」

「ほんまや。こら、美味しい」

「甘すぎなくて、癖になりそう」

「見た目も可愛いくてポイント高いね」

皆できゃっきゃと話しながら、柚子饅頭を頬張る。

そうでしょう、そうでしょう、となぜか松原が得意げだ。


三十分以上走ると、宇治川に架かる橋——宇治橋が見えてきた。

皆は、わぁ、と目を輝かせた。

「抹茶スイーツのお店がいっぱい」

「見て、平安《へいあん》時代の女性の像がある」

「THE宇治だね」

小春、愛衣、朔也は窓に張り付くようにして、宇治の町を眺める。

「あの女性は紫式部《むらさきしきぶ》や。この地は『源氏物語《げんじものがたり》宇治十帖《うじじゅうじょう》』の舞台てことで、橋の西詰に彼女の像を建てたみたいやね」

紫式部像の近くには、鳥居や商店街が見える。

「商店街だ。賑《にぎ》わってるねぇ」

「ああ、あそこは……」

と、澪人はこの辺りには『宇治橋通り商店街』と、平等院《びょうどういん》へと続く『平等院表参道商店会』があると教えてくれる。

ちなみに二つの商店街の間にある石の鳥居は縣《あがた》神社のものだという。商店街が隣接しているため、たくさんの人が行き交い、お祭りのように賑やかな様子だ。

「宇治って来たことがなかったけど、楽しそう」

「うん、今度ゆっくり来たいよね」

小春と愛衣は、窓の外を眺めながらしみじみと言う。

朔也も同じように窓の外を眺めながら、うんうん、とうなずいた。

「こうしてると、ちょっと不謹慎だけど、みんなでドライブって感じで楽しいねぇ」

「うん、本当に」

「でも、たしかに不謹慎っぽいよね」

小春と愛衣は、気を引き締めないと、と窓から顔を離す。

そんなことあらへんよ、と澪人が助手席で小さく笑った。

「そもそも、巫狐に会えるかどうかも分からへんし、せっかくやったら楽しんだ方がええやろ。それに、『楽しい』て気持ちは、どこにいてもどんな場所でも最強の魔除《よ》けになるさかい」

「本当ですね。せっかく来たんですから、楽しみたいです」

小春が同意する横で、愛衣は興味を抱いたようで、澪人に向かって訊《たず》ねた。

「『楽しい』って気持ちが最強の魔除けになるって、どういうことですか？」

そうやね、と澪人はどう説明しようか、と腕を組む。

「この世には喜怒哀楽、色んな波動、エネルギーがある。喜びのエネルギーは明るくて軽い。怒りのエネルギーは重いんやけど行動を起こす強さを持ってる。ほんで『悲しみ』『苦しみ』『後悔』ていう負のエネルギーは、『負のループ』なんて言われてるように、『停滞』や。重たくて、その場から動けへんてことや」

はい、と愛衣は真剣に聞き入る。

「そもそも宇宙のエネルギーっていうんは、らせん状になっていて常に上昇してるもんなんや。それは川が上流から下流に流れるのと同じくらい当たり前な宇宙の仕組みなんやけど」

その言葉に愛衣と朔也、そして横で話を聞いていた松原がぱちりと目を瞬《また》かせる。

「え、宇宙って上昇が当たり前なんですか？」

「知らなかった」

「恥ずかしながら私もです」

と、愛衣、朔也、松原が続ける。

ああ、と澪人は小さく笑う。

「『宇宙のエネルギー』なんて言い方するから混乱するんやな。言い方を変えたら、『運気』やねん。運気は常に上昇してるて言うたら、ピンと来るやろ」

たしかに、と皆はうなずく。

「そやから喜びのような明るくて軽い波動は運気に乗りやすい。怒りは重いんやけど、それでも動いてるから運気に乗ることはできる。そやけど『負』のエネルギーは停滞してるさかい運気に乗ることができひん。そうなると、必然的にどんどん運気が悪くなってしまうんや」

なるほど、と皆は揃って相槌《あいづち》をうつ。

車は賑やかな観光地を通り過ぎて、山の中へと入っていく。

木々は早くも紅葉に色付き始め、川は穏やかに流れている。岸では釣りをしている親子の姿も見えた。

天気も良く朔也が言っていたように、ドライブを楽しめる行楽日和だ。

「色んな感情がある中で運気――宇宙のエネルギーと一番シンクロするのが、『楽しい』て気持ちなんや。特に『わくわく』て感情のエネルギーは勢いよく上昇していく。

そういうのんもあってエンターテインメントの世界でも『わくわく』を取り扱ったものは、人の常識を超えて、世界的にヒットにつながったりするんやけど」

その言葉に朔也は、そっか、と前のめりになる。

「日本のわくわくする少年マンガが世界中で大ヒットするのは、そういうからくりもあったりするんだ」

愛衣と小春も、なるほど、と手を打つ。

少年マンガ然《しか》り、世界中で大人気のネズミが主役のテーマパークも魔法学校に通う英国少年の物語も、思えば根本にあるのは『わくわく』だ。

「それじゃあ、『負』の状態は最悪ということですよね？」

突っ込んだ愛衣の質問に、澪人は、うーん、と唸った。

「まぁ、たしかに運気に乗れていないという観点から見たらそうなんやけど、負の感情のすべてが悪いわけやない。人にはそういう時も必要なんや。良くないて分かっていても、人は落ち込む時は落ちこんでしまうさかい。それは当人にとって『落ち込む必要がある』てことや。そもそも人は色んな経験をするためにこの世に生まれてきてるさかい。楽しいだけの世界はこの世やなくて、あの世の話。負の感情を一切排除するていうんは、自分のほんまの部分では望んでへんのや」

へぇえ、と愛衣は目を丸くしながら、相槌をうつ。

けど、と澪人は続ける。

「いい加減浮上したいのにできひん、そういう時はちょっと無理しても自分の好きなもんに触れて、『わくわく』の力を借りるのは、ええ対処やと思うし、今みたいにどんな時でも『楽しい』て気持ちを持っていたら上昇気流に乗ってるさかい、上手《うま》くいきやすいんや」

愛衣と朔也、松原は納得したようで、大きく首を縦に振っている。

その姿を見て、小春はふふっと笑って、口を開いた。

「澪人さんって、教え方が上手いですよね」

えっ？　と澪人は驚いたような声を上げる。

「僕の教え方が？」

愛衣も、はい、とうなずいた。

「そう思います。前も私たちに三位一体の話とかしてくれた時、すごく分かりやすかったですし」

朔也も、そうそう、と相槌をうつ。

「賀茂くんは教え方が丁寧だよね」

たしかに、と松原が運転しながらつぶやく。

澪人は自覚がなかったようで、弱ったように前髪をかき上げている。

「そら、おおきに。伝わったんやったら、良かったし」

照れている澪人の様子に、皆は揃って肩を小刻みに揺らした。

澪人は小さく咳払《せきばら》いをして、話題を変える。

「そうや、昨日、二人はほんまに静流君のところに行ったんや？」

朔也は、「うん」と答える。

「行ってきたよ。ちょっと衝撃だったよねぇ」

「まぁ、たしかに……」

そう言う二人に、小春と澪人は、「衝撃？」と小首を傾げる。

それがさ、と朔也が話し始める。

二人の話を聞き終える頃、松原が車を停めた。

「着きましたよ、ここが、天ケ瀬ダムです」

お喋《しゃべ》りに夢中になっていた皆は、ハッとして窓の外に顔を向ける。

山の中に巨大なアーチ形のダムがあった。

四

松原は『また迎えに来ますね』と言ってくれたが、四人はそれを断り、礼を言って車を降りた。駅からダムまで歩くのは登り坂で大変だが、帰りならばそうつらくはないためだ。

愛衣は胸に手を当てながら、緊張した面持ちを見せている。

「愛衣、どうかした？」

「私、怖い話とか不思議な話が大好きなんだけど、一般的に『心霊スポット』と呼ばれているところにあえて来ることってないから、ちょっと緊張して」

朔也が、えぇっ、と体を傾けるくらい首を捻《ひね》った。

「でも、愛衣ちゃんとコハちゃんは清滝に行ったんだよね？」

もう、と愛衣は口を尖《とが》らせる。

「あれは修行目的で心霊スポット巡りのつもりじゃなかったし」

すると澪人が、そっと口角を上げた。

「まぁ、ここはそんなんやないし」

「えっ、そんなんじゃない？」

と、愛衣が戸惑ったように訊《き》き返す。

入口に『ここは天ケ瀬ダム（鳳凰湖《ほうおうこ》）です』という看板が立っていた。

見学できる時間は、八時から十六時四十五分までと書いてある。

「ここって、鳳凰湖って言うんだね」

「平等院の鳳凰からきているみたいや。知っての通り、人工湖やけど」

入ってすぐ左側に自動販売機とベンチがある。

それを横目にダムに向かって進んでいくと、監視員用の小さなプレハブ小屋があった。そこに代表者の名前と住所などを書くと、見学できるようだ。

小春は、澪人がペンを手に『賀茂澪人』と書き込む様子を見ながら、他の見学者の名前を確認した。それを見る限り、今日はまだ京都市の人間は来ていないようだ。

「さて、行こか」

と、澪人はペンを置いて、天端《てんば》道路に向かって歩き出す。

天端道路――ダムの上の道は、森林の中に綺麗《きれい》なアーチを描いている。

鳥の声と川のせせらぎのなか、紅葉が揺れている。ダムの水が滝のように流れ、それは陽の光を受けて虹《にじ》を作っていた。

秋の鮮やかな色彩が美しく、小春は歩きながら目を細めて、空を仰いだ。

「なんて心地よい場所……」

その言葉に愛衣は目を剝《む》いた。

「嘘っ、心霊スポットなのに？」

「うん。全然嫌な感じしないし。ここって、本当に心霊スポットなのかな？」

小春が小首を傾げていると、朔也は苦笑して、山の方に目を向ける。

「木陰には結構いるけどね」

うおっ、と愛衣は木陰の方を向いてのけ反る。

「やっぱり心霊スポット？」

「まー、でも、あの程度ならどこにでもいる感じだから、コハちゃんが首傾げるのは分かるかな」

そやねん、と澪人はうなずく。

「どうしてもトンネルやダムは心霊スポットになりがちなんやけど、ここは清涼な山の気と、水流が常に悪しきものを流してるさかい、ここに来て取り憑《つ》かれることはまずないやろ」

「『まずない』ってことは、ないわけではない？」

「当人が取り憑かれる気満々やったら、そらもろてしまうし」

「あ、そういうものなんですね」

「けど、夜になったら話は別や。ここはあかんて思う」

それを聞いた朔也が強く同意した。

「そうそう、ここ、夜になったらガラッと変わるだろうね。この清涼感と心地好《よ》さは、陽の力と結びついて起こしていることで、それが陰の時間になったら、色々集まってきて、結構怖い雰囲気になるんじゃないかな」

愛衣は、へぇ、と洩《も》らす。

「でも、その時間は閉門してるから、大丈夫だね」

「そうや。何と言うても、ここには心霊より……」

澪人は、上流側を見た。

はい、と小春も同じように上流の方に体を向ける。

「龍神《りゅうじん》様がいますね」

「えっ、鳳凰様じゃなくて？」

真顔で問う愛衣に、朔也はプッと噴き出す。

「愛衣ちゃん、さっきから面白すぎだって」

「だって、鳳凰湖っていうから」

愛衣と朔也はそんな話をしながら、散歩するように奥へと進む。

小春と澪人はその場に留《とど》まったまま、目を瞑《つむ》り、そっと手を合わせる。

心の中でこの地にやってきた挨拶《あいさつ》をし、一礼をして顔を上げると、澪人が優しい眼《まな》差《ざ》しを見せていた。

「澪人さん……」

「もうすぐ、夕方四時やね。巫狐は来ぃひんのやろか」

どうでしょう？　と小春は肩をすくめる。

「でも来られて良かったです。私も心霊スポットだと思うと気が進まなかったんですけど、景色も綺麗で、心地よくて、こんなに素敵なところだとは思いませんでした」

　それに、と小春はぎこちなく続ける。

「みんな一緒ですけど、ちょっとデート気分です」

　川の方を向いたまま、小春は頬を赤らめてつぶやく。

「…………」

　澪人は何も言わずに、小春の手を握った。

　えへへ、と小春は口許《くちもと》を緩ませて、澪人の手を握り返す。

「なんだか最近、澪人さんとゆっくり話せてなかったので嬉《うれ》しいです」

　そう言うと、澪人は握った手に力を込めた。

「かんにん。いつも帰りが遅いさかい」

「あっ、お仕事忙しいのは分かっていて」

　ちゃうねん、と澪人は静かにつぶやいて首を振った。

＊＊＊

　一方、朔也と愛衣は奥へと進み山の側まで来て、足を止めた。

木陰にベンチがあり、わっ、と愛衣は目を輝かせて指を差す。

「朔也、あそこにベンチがあるよ。座ろうか」

「う、うん」

ベンチにはこの辺りで亡くなったと思われる霊が座っていて、虚《うつ》ろな目でこちらを見ていた。

地縛霊というほど重いものではなく、この周辺を浮遊しているという印象だ。

朔也は愛衣に気付かれぬよう、ぼそぼそと経を唱える。

彼らを成仏させてから、素早く印を結び、その地を浄化させた。

「それじゃあ、座ろうか」

「そういえば、山の方に霊がいるって言ってたけど、この辺大丈夫だった？」

愛衣は思い出したように振り返った。朔也は、「もう大丈夫」と手をかざす。

「もうって、朔也……」

顔色を変えた愛衣を前に、朔也はしまったと頬を引きつらせる。

ここに霊がいたと知ったら、怖がらせてしまうだろう。

せっかく楽しい想いをしているのに申し訳ない、と朔也は目を泳がせる。

「えっと、なんていうか」

「もしかして、祓《はら》ってくれたの？」

「あー、うん。まぁ、ササッと」

すると愛衣は目を輝かせた。

「ササッとだなんてすごい、ちゃんと見せてほしかったんだけど」

「え……怖くなったりしない？」

「最強の陰陽師《おんみょうじ》が側にいるのに？」

さらっと言う愛衣に、朔也は頬を赤らめる。

「い、いやぁ、最強の陰陽師だなんて照れるじゃん」

「えっと、澪人さんのことを言ったんだけど？」

「ええー!?」

嘘だよ、と愛衣は白い歯を見せた。

「ちゃんと朔也のことだから」

もー、と朔也は不満そうな声を上げるも、すぐに嬉しそうに笑う。

「いいな、やっぱり愛衣ちゃん、最高」

何それ、と愛衣も愉《たの》しげに笑う。

「結構、真面目に言ってるんだけどね」

「うん、ありがと」

愛衣はベンチに腰を下ろして、首を伸ばした。

「あー、澪人さんと小春、ちょっとイチャイチャしてる」

マジで？ と朔也も首を伸ばした。

ここからでは後ろ姿しか見えないが、二人は手をつなぎ、寄り添っていた。

朔也は、むんっ、と鼻息を荒くして腕を組んだ。

「ここには大事な調査で来てるってのに、すっかりデートにしちゃってさ」

「ほんとほんと」

「一言もの申してくる」

朔也は立ち上がって、二人の許に向かおうとする。

「そこは放っておいてあげようよ」

愛衣も立ち上がり、朔也を止めようとしていると、ダムに新たな見学者がやってきたのが分かった。

ダム近くの道路にワンボックスカーを停車させている。

出て来たのは、三人の男性だ。

まずは運転席から男が降りる。彼はすでにカメラを手にしていた。

次に助手席にいた男が降り、その男は運転席へと移動する。

どうやら路上駐車になるのを気にして、一人は車に留まるようだ。

最後に降りてきたのが、水干に烏帽子《えぼし》に狐の面をつけた男。

「――巫狐だ！」

朔也と愛衣は声を揃え、すぐに澪人と小春に向かって手招きをした。

「小春、来た！　本当に来たよ」

「とりあえず、隠れようよ」

二人の呼びかけに、小春と澪人はすぐに反応し、木陰のベンチへと移動した。

ここはダム側からはよく見えないのだ。

＊　＊　＊

「それじゃあ巫狐君、合図をしたら歩き出して中央で止まって、そこで始めて」

カメラを持った若い男が、声を張り上げる。

巫狐はこくりとうなずいて、背筋を伸ばしていた。

巫狐は面をつけているので顔が分からない。カメラを持っている男は大学生ぐらいだろう。見覚えはなかった。

その様子をこっそり窺《うかが》いながら、皆はごくりと喉《のど》を鳴らす。

結構本格的に撮影してたんだね、ほんとに、と囁《ささや》き合う。

「はい、よーいスタート！」

カメラマンの合図で、巫狐は颯爽《さっそう》とアーチ状の天端道路を歩き出した。

ちょうど中央の部分まで来て、巫狐は指示通り足を止める。

ぱんっ、と強く手を打つ。

「我が名は、巫狐。安倍晴明の生まれ変わり！　この地の彷徨《さまよ》える霊を鎮めるなり」

森に響き渡るような声でそう言った。

「……ちょっと、見てて恥ずかしい」

「俺も」

と、愛衣と朔也は顔を手で覆うも、小春と澪人は険しい表情だ。

「真昼間やったら微笑ましい話やけど、そろそろあかん」

時刻は、十六時を過ぎたところだ。

太陽は山の木々に隠れて姿は見えない。

鳥たちが飛び立ち、この地にざわめきが起こっている。

この場所は先ほど朔也が浄化したばかりだが、『陰』が支配する時間に入り始めたこと、そして中途半端な者が除霊まがいのことを始めたのが引き金となって、木陰にいくつもの黒い影が浮かび上がり、巫狐の許へと向かっていった。

「だ、大丈夫でしょうか……」

小春は胸騒ぎを覚えて、小声で訊《たず》ねる。横で朔也が苦笑した。

「まー、このくらいは、いつものことだと思うんだけど」

黒い影たちは巫狐に纏《まと》わりついていく。

だが、不思議なことに巫狐が一歩動くごとに、まるで埃《ほこり》が落ちるかのように、黒い影は振り払われていった。

小春は目を凝らして観察しながら、息を呑《の》んだ。

「私、あれが不思議だったんです。たくさんの黒いものに纏わりつかれているのに、長くは留まっていないんですよ。翌週の動画では、何もなくなっていて……」

「ほんとそれだよね。ねぇ賀茂くん、あの人もしかしたらすごい人？　本当に除霊してたり？」

ううーん、と澪人は顔をしかめる。

「身にかかるもんを振り払えてるだけで除霊とはちゃう。そやけど、『霊を取り憑《つ》かせへん』という一種の特殊能力は持ってるのかもしれへん」

「だから、次々に心霊スポットに行けていたんだ……」

小春は感心したようにつぶやき、それじゃあカメラマンは大丈夫だろうか、と視線を移した。

彼も黒い影が取り憑くことなく、さらさらと振り払われている。

「二人揃って同じ能力を持ってるってこと？」

小春が首を捻《ひね》っていると、隣で愛衣が「あっ」と声を上げる。

「カメラマンの首のとこ見て」

「首？」

二人は首から何かを下げていた。

よく見ると、それは御守だった。

「お、お祖母《ばあ》ちゃんの御守だ！」

小春は思わず声を張り上げてしまい、慌てたように口に手を当てる。

澪人と朔也は、額に手を当てた。

「吉乃さんの最強御守効果やったんや……」

「これでひとつ謎が解けましたね」

小春たちが上げた声は、巫狐にも届いたようで、一瞬体をビクッとさせる。

「届いたなり、死者の声。受け取ったなり、この巫狐が」

巫狐は棒にたくさんの鈴がついた神楽鈴を高く上げて、しゃん、と音を鳴らした。

「どうして語尾が『なり』なのかな？　コロ助《すけ》の真似なのかな」

ぼそっとそんなことを言う朔也に、愛衣は笑いそうになって口に手を当てる。

澪人と小春は、ぴくりと肩を震わせた。

「こら、あかん。呼んでしもた」

「出てきますね……」

木々のざわめきが起こり、上流の水音が強くなる。

ダム湖の中から青い龍《りゅう》の頭が現われ、小春と澪人と朔也は硬直した。

愛衣だけは分からないようで、不思議そうにしている。

龍神様が出て来たの、と小春は愛衣に耳打ちした。

「えっ、巫狐が龍を呼んだってこと？」

「たぶん、ここにいる霊能力の強い俺たちも呼び水になってると思う」

と、朔也が息を呑みながら小声で言う。

巫狐や二人のスタッフも青龍の出現に気付いていない。

「我の詞《ことば》、届けるなり。きえええええいっ」

手を合わせて、いつもの奇声を上げている。

「あかん、不快に思ったはる。彼らが心配や」

「えっ、でも、吉乃さんの御守が効いているんじゃ……？」

それについては小春が答える。

「お祖母ちゃんの御守は災厄や亡霊に効くもので、神様には無効なの」

巫狐はノリに乗っているようで、くるくると回っている。

「我こそは、安倍晴明の生まれ変わり――」

その時だ、小春の頭にはっきりと響いた。
――笑止。
という青龍の声が。
次の瞬間、かはっ、と巫狐は乾いた咳《せき》をした。
胸が苦しくなったように、心臓の前に拳《こぶし》を当てる。
カメラマンはというと、『おっ、いいねぇ』と親指を立てていた。
青龍はおそらく安倍晴明を知っているのだろう。
まがいものが彼の名を騙《かた》っているのに怒りを感じている。
一方、晴明を名乗っていないカメラマンには、障りが届いていないようだ。
巫狐は地に膝《ひざ》を突いて、その場に蹲った。
霊障ならば、その影響は個人の範囲での話。
だが、神を怒らせるとなると話は別だ。
「――ほんまにあかん。皆さんはそこに」
澪人はそう言って木陰から天端道路に飛び出て、巫狐の許《もと》へと走った。
「『三山神三魂を護《まも》り通して、山精参軍狗賓《ぐひん》去る』！」
巫狐の前まで来てからそう唱えて、蹲っている巫狐の背中を叩《たた》く。
今のは『山の神の障りや怪異』を避ける真言だ。

巫狐はまるで水から上がったかのように、ごほごほとむせている。

「ちょっと君、邪魔しないでくれないか」

カメラマンが近付こうとした時、澪人は鋭い眼差《まなざ》しを向けた。

彼はびくんと体を震わせて、足を止める。

澪人は自分の前にそびえている龍神を前に、深く頭を下げる。

そっと目を瞑《つむ》り、祝詞《のりと》を唱え始めた。

「――畏《かしこ》しや打ち靡《なび》く天の限り尊きろかも打ち続くを、地の極み萬《よろず》の物を生み出て統べ治め給《たも》ふ大神世の限り有りの尽尽落つる事無く漏るる事無く命を分かち霊を通はし稜威《りょうい》輝き給ふ神の御名を天照《あまてらす》國照統大神と称《たた》へ奉りて言祝《ことほ》ぎ真祝ぎに鎮魂の神業仕へ奉りて大神の厚き尊き霊威を蒙《こうむ》り奉り――」

澪人が唱えたのは、大いなるものを『鎮める』祝詞。

「ねぇ、いい加減邪魔するのやめてくれないかな」

カメラマンが顔をしかめて歩み寄る。

澪人はそれに反応することなく、目を閉じたまま今も続きを唱えている。

「嫌だな、めっちゃなりきってんじゃん。もしかして君、巫狐のファンなのかな？それで真似したくなったとか？」

カメラマンは、ははっ、と笑う。

朔也は、くそっ、と舌打ちした。

「賀茂くんは、巫狐のために祝詞を唱えてんだよ。邪魔すんなって」

朔也は飛び出そうとして、ブレーキがかかったように足を止めた。

澪人の隣に、若宮が姿を現わしたのだ。

青龍以上に巨大なエネルギーを纏う若宮の姿に、朔也は気圧《けお》されて動けなかった。

――おや、これは久しい、驪龍《リリョウ》殿。

険しかった青龍の表情が、みるみる優しくなっていく。

『ええ、本当に。お久しぶりですね』

若宮は、にこりと笑みを返す。

澪人は若宮が隣に寄り添っているのを感じながらも、目を瞑ったまま唱え続ける。

若宮がそっと澪人の肩に手を乗せた。

澪人はうなずいてから、自らの掌《てのひら》を口の前に出し、ふっ、と息を吐いた。

その息は霧となって、辺りを包んでいく。

「な、なんだ」

急に霧に包まれたことに、カメラマンは動揺しながら辺りを見回す。

靄《もや》の中に、青龍のシルエットが浮かび上がる。

それは誰の目にもはっきり見えるものであり、愛衣は大きく目を見開いて口に手を当て、間近で目の当たりにしたカメラマンは、ぎゃあ、と悲鳴を上げて腰を抜かした。

「――大神の御心命人の為《な》すは大神為さしめ給ふ事に隔てなく叶《かな》ひ合ひ極まりて吾《われ》良く人良く今良く後良き神の御國を今の現に此《こ》れの命人より始めて現はれ出《い》でしめ給ふぞと神祝ぎ祝ぎ奉る事を嬉《うれ》しみ尊び忝み奉りて八平手百平手打ち上げ打ち亮らし舞ひ立ち舞ひ出で舞ひ退き舞伏しつつも拝みも奉らくと白《もう》す――」

澪人はジャケットにジーンズという普段着の装いだったが、不思議と水干や烏帽子《えぼし》が見えるようだった。

本物の陰陽師《おんみょうじ》の姿に、巫狐は座り込んだまま絶句している。

すべてを唱え終え、澪人はそっと目を開ける。

青龍は、川へと戻っていた。

澪人は、ふぅ、と息をつき、隣に立つ若宮を見た。

「お力添え、おおきに」

いえいえ、と若宮は首を振る。

『これまでいろいろとご迷惑をかけたお詫《わ》びですよ』

「なんやろ、最後のお別れみたいなことを言うて。ああ、あなたはきっと、このままいなくならはるつもりなんやね」

ニッと笑う澪人に、若宮は面白くなさそうに眉根《まゆね》を寄せる。

『またあなたはそうやって、わたしを追い出そうとする』

「おや、まだいはるんや？」

『どうでしょうね？　これが今生の別れかもしれませんよ？　そう思うと寂しくありませんか？』

どうやろ？　と澪人が肩をすくめると、若宮は愉《たの》しげに目を細める。

そのまま扇で顔を隠し、それでは、と会釈をした。

強い風が吹いて、霧が晴れていく。

紅葉が竜巻のように舞い上がったかと思うと、若宮の姿は消えていった。

澪人は、ふふっと笑い、今も座り込んでいる巫狐に視線を落とす。

彼は震える手で面を外して、澪人を見上げた。

「……か、賀茂さん」

「もしかして、とはチラッと思うてたんやけど……」

面の下にはその出《い》で立ちには違和感がある洋風の顔立ちが隠されていた。

「静流君、やったんや」

巫狐の正体は、水城静流だった。

五

「俺、学徳学園に来る前に、賀茂さんを二度見掛けているんです」

静流はしずかにそう話し出した。

天ケ瀬ダムの入口側のベンチに、皆は集まっていた。

カメラマンは、桑原忠司《ただし》と名乗った。

市内の大学の学生であり、演劇部部長の兄だという。

弟の部長は、今もワンボックスカーの運転席で待機しているという。

小春、澪人、朔也、愛衣は、黙って静流が話すのを聞いていた。

「一度目は前にも伝えたように学祭での流鏑馬《やぶさめ》で、二度目は下鴨神社の境内を歩いている姿を見ました。水干に烏帽子を身に着けた神主のような格好で……まるで現代の陰陽師みたいだって思って憧《あこが》れていたんです。まさか本当に現代の陰陽師だったなんて……本物はすごかったです」

静流はそう言って、熱っぽい息を吐き出す。

澪人が現代の陰陽師というのは、そのものずばりであり、皆は何も言えずに顔を見合わせた。

「俺、前の学校で、とことん女の子に嫌われちゃったのもあって、生まれ変わりたい気持ちがありました」

静流は躊躇《ためら》いがちにそう話す。

朔也と愛衣は、その事情を彼の母親の竹美から直接聞いていた。

ここに来るまでの道中、小春と澪人も車の中で聞いている。

小春は静流を見ながら、朔也が語ってくれた『女の子に嫌われてしまった』という彼の事情を反芻《はんすう》した。

＊　＊　＊

あの子はね、と竹美は話し出した。

『すごく、お調子者なのよ』

『お調子者？』

思いもしなかった言葉に二人がぽかんとしていると、そうなの、と竹美は続ける。

『時々勘違いして憧れてくれる女の子がいるんだけど、あの子、見た目は大人びているけど、中身はまるで小学生男子なのよね』

『どんなふうにすか？』

朔也が突っ込んで問うと、竹美は『大変よ』と大袈裟《おおげさ》に肩をすくめる。

『たとえば、鼻の下に油性ペンで線を引いて「鼻毛」とか言って、そのまま登校してみたり、お腹に腹筋の線を書いて、「シックスパック」って喜んでいたり』

外見からは想像がつかない行動に、愛衣と朔也は呆然《ぼうぜん》としながら相槌《あいづち》をうつ。

『でも、それで女の子が嫌ったりしますか？』

『ある時、事件を起こしたのよ』

『――事件？』

『教室の中に男の子だけしかいなかった時にね、あの子、お尻《しり》を出したの』

『――え、お尻、ですか？』

愛衣は目を剝《む》いて訊《き》き返す。

『そう、お尻のほっぺに目を描いたから、それを見て笑ってもらいたかったみたい。それがたまたま女の子に目撃されちゃって、「最低」とか「変態」とか「馬鹿すぎ」って言われちゃってね。ついたあだ名が「残念男子」で』

たしかに残念男子だ、と愛衣は頰を引きつらせる。

朔也はというと笑いを堪《こら》えて肩を揺らしている。

『そんなんだから全然モテなかったのよ。でも、そんなあの子も最近ようやく色気づいてきたみたいで、「今度の学校では、カッコつけてみせるんだ、残念男子を卒業する！」って意気込んでいたのよ。編入デビューを目指してるみたい。それはいいんだけど、本性隠しての生活なんて、疲れるだけだと思うのよねぇ』

竹美は、ふぅ、と息をつく。

彼女としては、息子の本性を隠す気はさらさらないようだ。

『まぁ、そんな子だけど良かったら仲良くしてあげてね』

にっこり笑って言う竹美に、愛衣は曖昧《あいまい》に相槌をうつも、朔也は『はいっ』と大きな声で返した。

＊＊＊

一連の事情を振り返った小春は、もう一度端麗な容姿の静流に目を向ける。

王子様を具現化したような容姿だ。とても小学生男子のような振る舞いをするようには見えない。

静流は目を伏せたまま、話を続けた。

「たまたま家の事情で京都に来られることになって、迷わず学徳学園を選びました。憧れの京都で新しいことを始めたい。なりたい自分になりたいと、『巫狐』になったんです。何回か配信していたら、桑原さんにメッセージをもらって……」

と、静流は、桑原に視線を移した。

はい、と桑原はうなずいた。

「今年うちの大学の映像研究会と、弟が通っている学徳学園の演劇部が合同で作った映画を楓祭で上映したんです。それがなかなか好評で、第二弾をと考えていました。そんな時に、『巫狐』の配信を見て、『このキャラクターは面白い。そのまま映画にできないか』と思い付いたんです。そうしたら動画はすべて予告にもなるなと思いまして、巫狐にメッセージをしました。関西《かんさい》の人だとは思っていたんですが、聞くと、弟と同じ学徳学園の生徒だという話で……」

「俺も桑原さんから映画を作るって話を聞いて、面白そうだと思って乗ったんです」

「実際に会ってみたら、こんなイケメンで絶対話題になるって興奮でしたよ。安倍晴明は狐の子だったという逸話もありますし、静流君は、白狐を彷彿《ほうふつ》とさせる。新しい安倍晴明の姿かなって。ちなみに今日の動画が最後で、ここから映画製作に入る予定でした」

そう話す二人に、澪人は、なるほど、とうなずく。

「映画のための撮影やったんやね。それで、あないに大袈裟な感じやったんや」

すると静流はばつが悪そうに、顔を背ける。

「いえ、あれは割と真面目にやっていて……」

「ほんで、幼稚舎に狐の面や石があったんやけど、あれはなんやったん？」

澪人が問うと、桑原が、あれは……、と苦笑する。

「不思議なことを投稿するサイトがあるんですが……」

その言葉を聞き、朔也は「ああ」と苦笑する。

それは三善家が作ったサイトだ。

「そこで知り合った霊感の強い人に相談したんですよ。心霊スポットで取り憑《つ》かれずに撮影するにはどうしたら良いかって。そうしたら、撮影時には巫狐と同じようにカメラマンも面をつけろ。そして掌《てのひら》サイズの石を持っていって、それを持ち帰れ。それらは使った面と一緒に誰もいないところに隠しておけと言われましてね」

「その作業は、部長がやってくれて……」

「で、とりあえず使われていない旧幼稚舎でってなって、それでそこに……」

澪人は、ふむ、と腕を組んだ。

話を聞きながら小春は、あの、と首に下げている御守に目を向けた。

「ところで、その御守は……？」

ああ、と桑原は御守に手を当てた。

「これは、静流君からもらったんです」

「静流さんから？」

と、小春は、静流の方を向く。

静流は、ええ、とうなずいた。

「母さんに、映画の撮影のために心霊スポットに撮影に行くと話したら、『必ずこれを持っていきなさい』って、人数分用意してくれて……」

そういうことか、と小春は納得する。

竹美はすっかり吉乃のファンになっているのだから、御守を買っていても不思議ではないのだ。

「幼稚舎の周りに白い三角柱の陶器が埋められていたんやけど、それもその人が？」

えっ、と桑原は不思議そうな顔を見せる。

「白い三角柱の陶器？　いや、分からないです」

「ほんなら、弟さんに聞いてくれへん？」

「あ、ちょっと待ってくださいね」

桑原はスマホを出して、車で待機している部長に確認をした。

部長の回答も『白い三角柱？　いや、知らないけど』というものであり、澪人が黙り込んだ時、駐車しているワンボックスカーの許《もと》にパトカーがやってくるのが見えた。

桑原は慌てて立ち上がる。

「あ、すみません。今日のところはこれで」

「賀茂さん、本当にありがとうございました。あなたの秘密は守りますので」

静流はぺこぺこと頭を下げて、車に向かい、坂を駆け上がっていった。

「秘密て……」

小春、愛衣、朔也は手を振って見送り、澪人は頰を引きつらせながら会釈をする。

時間を確認すると、十六時半を過ぎていた。

もうすぐ閉門だ。

「最後に祈《き》禱《とう》してきます」

そう言って澪人は、天端道路に向かって歩き出す。

「あっ、私も」

すぐに小春は後を追った。

つられるように愛衣も後を追いかけようとすると、朔也がその手首をつかむ。

「二人っきりにさせてあげようよ」

「あ……うん」

愛衣はぎこちなくうなずいて、ベンチに腰を下ろした。

「朔也くん、さっきは『デートにしちゃってさ』って、ぷんぷんしてたのに」

「だってずるいと思ったから。俺だって愛衣ちゃんとイチャイチャしたいのに、全然できないからさ」

朔也は、頭の後ろで手を組んで、目をそらしながら言う。

「また、朔也はそんなこと言って……」

はぁ、と愛衣は呆《あき》れた様子で息をつく。

「注意されても、これからも言うよ」

だって本音だから、と朔也は小声でつぶやいた。

六

小春と澪人は天端道路の中央まで行き、柏手《かしわで》を打つ。

目を瞑《つむ》り、この地を騒がせたことを詫《わ》びた。

挨拶《あいさつ》を終えて、目を開ける。

川に夕陽が反射して輝いている。

柔らかく温かな空気が二人を包んでいた。

この地の精霊たちが怒っていないのを感じ取り、小春は安堵《あんど》して胸に手を当てる。

ふと顔を上げると澪人が優しい眼差《まなざ》しを見せていた。

「小春ちゃん……」

はい、と小春は視線を合わせる。

「さっきちゃんと言いたかったんや。実は僕、そこまで仕事が忙しいわけやないんや。なるべく櫻井家で過ごす時間を少なくしようて思て、遅く帰っていたんや」

小春は目を大きく見開いた。

「……どうしてですか？」

「前にも櫻井家に下宿させてもろてたけど、今とは事情が違《ちご》てる。僕たちは想いを結べて、交際してるし」

はい、と小春はうなずく。

ドキドキと心臓が音を立てていた。

「僕かて普通の若い男や。好きな子と同じ屋根の下で一緒に暮らすって、なかなかしんどい」

えっ、と小春は動きを止めた。

「家の中であなたといたら、ついつい長く一緒にいたくなる。そのまま部屋や居間で話そうてなる。そうしていたら、触りたくなるし、キスしたくなる。そのままもっと先へ、て気持ちもどうしても生まれてしもて」

澪人はいたって真剣に、弱ったように話している。

その姿を見ながら、小春の頬がどんどん熱くなり、耳まで火照ってきていた。

同時に澪人が本当に我慢をし、家に帰っていなかったことを知って申し訳なさが募る。

「小春ちゃん、そないな顔せんとって。これは、僕の勝手な煩悩やさかい。ほんで僕はあなたが大人になるまで今以上に関係を進める気はあらへん。けど、これは理性で思ってることで、僕は自分が怖いんや。ふとした時に理性が吹っ飛ぶんちゃうやろかて。小春ちゃんはいつも可愛すぎてあかん」

　そんなことも真剣に言う澪人に、小春は顔を上げていられずに俯《うつむ》いた。

「――で、僕は……」

　澪人が何を言おうとしているのか、小春には予測がついた。

　心から申し訳ないと思っている彼の心が痛いほど伝わってくる。

　小春は、自分の方こそ、という気持ちで顔を上げた。

「うちを出ることに決めたんですね？」

　澪人は一拍置いて、ええ、とうなずく。

「かんにん……」

　いいえ、と小春は首を振り、澪人の腕に寄り添う。

「きっと、離れて暮らした方が、前のように過ごせる気がしますし」

「僕もそう思てる」

「下鴨の実家に帰られるんですか？」

そう問うと、澪人は首を振った。

「上賀茂の家を管理する人がいいひんようになったさかい、僕に管理してほしいって話があって」

ああ、と小春は思わず手を叩《たた》く。

「すごくいいと思います。あの家は澪人さんにピッタリ」

「おおきに。僕もそう思うてる」

「遊びに行ってもいいですか？」

もちろん、と澪人は微笑む。

「あそこはよう陰陽師《おんみょうじ》が出入りしてるさかい、僕の理性も保たれるて思うし」

もう、と小春は火照る頬に手を当てる。

「そやから、そうやって可愛すぎてあかん」

澪人は目だけで周囲を確認して、小春のこめかみに唇を当てた。

胸がキュンと詰まって、痛いほどだ。

澪人は小春の肩に手を伸ばして、抱き寄せる。

「好きや」

「私も、好きです」

互いの頭をこつんと合わせて、空を見上げる。

空はさらに色付いていて、紅葉がより鮮やかに目に映る。
神々しいような光景を前に、小春の目頭が熱くなっていた。

エピローグ

天ヶ瀬ダムでの騒動を終えた翌日の日曜日。

約束通り午後二時、千歳は祇園の『さくら庵』を訪れた。

「いらっしゃい、千歳くん」

にこやかに出迎えた小春に、千歳はぎこちなく会釈を返す。

「澪人さんは、二階で待ってるよ」

そう続けられ、千歳は「どうも」と答えて、階段を上がった。

木製カウンターにいた吉乃は、千歳の背中を見送ったあと、小春の方を向く。

「小春は見届けへんの？」

うん、と小春はうなずく。

「私はここで、店の手伝いをしてる」

結果はどうあれ、ちゃんと伝えようと決めたのだ。

「ほんなら店先を掃いといてくれへん？　最近、落ち葉が多いんや」

はーい、と小春は竹ぼうきを持ち、店の外に出た。

＊　＊　＊

澪人の部屋の中央に碁盤が置いてある。

薄墨色の着流を纏《まと》った澪人は座布団の上に正座をし、盤上に目を落としていた。

「こんにちは」

ひょっこりと千歳が顔を出した。

澪人は顔を上げて、にこりと微笑む。

「いらっしゃい。時間通りやね」

どうぞ、と澪人は向かい側の座布団に向かって、手を伸ばす。

「ほんとは宮本武蔵《みやもとむさし》みたいに遅れてくるのも考えたんだけどね」

そう言いながら千歳は対面に腰を下ろした。

「本気やな」

「もちろん」

「ほんで、置石は？」

ハンデを持ちかけた澪人に、千歳は露骨に顔をしかめた。

「舐《な》めないでほしいな。僕、先生にプロになるのも勧められたんだから」

「そら、失礼。碁の才能に年齢関係あらへんね。ほんなら石は『ニギリ』で？」

碁は、黒が先手であり、先手の方が有利とされる。

実力差がある場合、弱い者が黒になるのだが、実力が同じ場合は『互先《たがいせん》』といい、先手後手を『ニギリ』で決め、その後一局ごとに黒石、白石を持ちかえる。『ニギリ』とは言葉そのままだ。一人が碁石を握り、もう一人が相手の手の中の碁石の数が偶数か奇数かを当てて、当たれば先手、はずれれば後手となる。

「僕たちが、当てっこするって、それもまた勝負つかない気がするんだけど」

「それもそうやな。ほんならやっぱり経験差のハンデてことで、僕が白を」

「……じゃ、遠慮なく黒で行かせてもらいます。後悔しても知らないから」

千歳は早速、黒の碁石を盤上に置いた。

ぱちん、と歯切れの良い音が部屋に響く。

澪人は嬉《うれ》しそうに目を細める。

「何笑ってるの？」

懐かしくなったという言葉を飲み込んで、いいえ、と澪人は首を振った。

まさか生まれ変わって、また碁を打てるとは。

かつて安倍晴明と対局した時を思い起こし、澪人は微《かす》かに口角を上げて、白の碁石を置いた。

　ふわりとつむじ風が起こり、二人の間に若宮が姿を現わした。

「若宮様！」

　千歳は、わあ、と顔を明るくさせ、澪人は肩をすくめた。

「……今生の別れとか思わせぶりなことを言うたはって、翌日やないですか」

『面白そうな対局なので、つい』

　若宮は悪びれもせず、にこりと微笑んだ。

　今日は暖かく窓を開けている。

　外から爽《さわ》やかな秋風が吹き込むと共に、小春が店先を掃く音が聞こえてきた。

＊　＊　＊

　吉乃が言った通り、風に運ばれてきた落ち葉は結構溜《た》まっていた。

　小春はせっせと落ち葉を集めて、それをハートの形にしてみる。

　すると背後から、可愛いね可愛いね、と嬉しそうな声が聞こえた。

　振り返るとコウメが嬉しそうに三本の尾を揺らしている。

「コウメちゃん」

小春はしゃがみこんで、きゃあ、と頬をすり寄せる。

「コウメちゃん、こういうのが好きなんだね。それじゃあ、狐の形にもしてみる」

立ち上がり、今度は狐の形にしようと竹ぼうきを動かしていると、

「櫻井――？」

どこかで聞いたことがある声が背中に届いて、小春は戸惑いながら振り返る。

そこには中学時代、小春が想いを寄せていた男子の姿があった。

「工藤《くどう》くん……」

彼は相変わらず可愛らしい童顔だ。

背は以前より高くなって、少し逞《たくま》しくなったように見える。

彼は家族で観光に来ていたようだ。

一歩後ろで両親らしき人物が「お友達？」と聞いている。

「あ、あー、うん。中学ん時一緒で……」

「それなら、お母さんたち、この辺りぶらついてるから」

「お母さん、『CACAO MARKET《カカオマーケット》』に行きたい。すっごく素敵なショコラのお店でね、すぐそこなの」

中学生くらいの女の子が母親の手を引いていた。

はいはい、と両親と妹は川端通に向かって歩いて行った。

工藤は、小春の前まで歩み寄り、頭を掻《か》いた。

「えっと、櫻井は本当に京都に来てたんだな。元気？」

「うん、工藤くんは？」

小春が笑顔で訊《き》き返すと、彼は戸惑ったように瞳《ひとみ》を揺らした。

「あれ、なんか印象変わった気がする」

「そうかな？」

「うん、前はなんていうか……いや、元に戻ったのかな？　それも違うな」

彼はどう説明していいか分からなそうに言い、あのさ、と視線を合わせた。

「あの頃、本当にごめん」

なぜ彼が謝るのか、小春には分からず、小首を傾げる。

「どうして、工藤くんが謝るの？」

「いや、俺、なんにもできなかったから……」

小春は、中学三年の二学期に、急に『目を合わせると人の心が読める』という特殊な能力が発現して、学校に行けなくなった。

だが他の者はそうは思っていない。あの学校には『裏サイト』があり、そこに小春の悪口が書き続けられていたためだ。

小春の成績が上り調子だったことで面白くなく思っていた者が多かったこと、そして学校でも人気があった工藤から告白めいたことをされたのを目撃されたのが発端だ。

思えば当時、小春が学校に行けなくなった後、工藤は何一つアクションしてこなかった。連絡の一つもだ。

小春は自分の変化についていけず、工藤から連絡が来ないことなど気にも留めていなかったのだが、彼はそんな自分を気にしていたようだ。

「ううん。あの頃の私は、自分のことにいっぱいいっぱいで、工藤くんから連絡きてもお返事できなかった気がするし……だから全然気にしないで」

小春がそう言って微笑むと、彼は救われたように表情を緩ませる。

＊＊＊

二階の澪人の部屋では、千歳との勝負が盤上で繰り広げられていた。

実力は拮抗《きっこう》しているが、澪人の方が優勢。

千歳は悔しそうに奥歯を噛《か》みしめていたが、急に形勢が逆転した。

小春と工藤の会話が窓の外から聞こえてきていたのだ。

はーっ、と若宮は窓の外に目を向けて、独り言のように言う。

『おやおや、あれは、あなたが引き寄せましたねぇ』

　澪人はそっと眉根《まゆね》を寄せた。

　小春が以前、結婚したいと思っていた人がいる話を知ってから、前に想いを寄せていた男の存在について考えるようになっていた。

「引き寄せたって、僕にそないな力はあらしまへんやろ」

　澪人が呆《あき》れたようにつぶやくと、若宮は、いえいえ、と首を振る。

『あなたじゃなくても、森羅万象のからくりというのはそういうものですよ。当人は、ちょっとした思いだと感じていても、事象を招くのです』

　そこに意識を向けることで、引き寄せてしまう。

『来てほしくない』と意識することで、逆に来てしまったりするのだ。

「因果なもんやね」

　澪人は乾いた笑いを浮かべながら、碁石を置く。

　冷静を装うも乱れた心は、すべて盤上にあらわれる。

「これ、もう僕の勝ちだよね――」

　盤上を見下ろして、千歳は不敵に微笑んだ。

「そやね」

　澪人は息をつき、頭を下げた。

「――参りました」

千歳は得意げに腕を組み、のけ反った。

「ま、これで一勝一敗の引き分けだけどさ……」

「かんにん、ちょっと席を外します」

澪人は勢いよく部屋を出て、階段を下りていく。

「えっ、トイレってこの二階にもあるよね？」

と、千歳は若宮を見上げる。

『彼は、目の前だけではなく、店の外にも恋敵《こいがたき》がいたんですよ』

若宮は口許《くちもと》を扇で隠しながら、ふふっと笑った。

「恋敵？」

千歳も腰を上げて、部屋の外に出た。

＊＊＊

小春と工藤は、店先のベンチに腰を下ろし、他愛もない話を続けていた。

「そうなんだ、サッカーはやめちゃったんだ」

「あの中学では成績上位だったけど、高校では底辺で、部活どころじゃなくなって。

高校生活は勉強漬けって感じ。ああ、この京都旅行は昨日、従兄《いとこ》の結婚式があって来たんだ。いい気晴らしになって嬉《うれ》しいよ」

工藤は会話が途切れるのを恐れているかのように、ぺらぺらと話す。

「櫻井はどんな感じ？」

「こっちは東京に比べて、受験の雰囲気ものんびりしてるかな」

「そうなんだ？」

「うん。評判の良い公立も多いから、みんながみんな私立を受験って感じじゃないし、なんとなく選択の自由がある気がする」

へえ、と工藤は腕を組んだ。

「いいな、京都」

「うん、私は勉強だけじゃなく、色んな活動を楽しめているよ」

そんな話をしていると買い物を終えた工藤の両親が、「そろそろ行くわよ」と声をかけてきた。

「それじゃあ、工藤くん」

「あ、櫻井、良かったら連絡先……」

工藤はそう言いかけて、口を閉ざした。

店から澪人が出てきたのだ。

「澪人さん、終わったんですか？」

小春は立ち上がって、澪人の横に立つ。

「ええ。そやけど、かんにん」

「えっ？」

「惨敗やった」

その言葉に小春は目を丸くし、くすくすと笑う。

「千歳くん、本当に強かったんだ」

「それもそうやけど、僕の修業不足や」

澪人はうな垂れて、小春の肩に手を置き、その上にとんっと額を乗せる。

小春はふふっと笑う。

「……あ、えっと」

工藤の戸惑ったような声を受けて、小春は振り返る。

澪人は、今も小春の肩に手を乗せたままだ。

「彼氏？」

工藤が上ずった声で訊《たず》ねると、小春は頬を赤らめて、「はい」とうなずいた。

「はじめまして、賀茂澪人と申します」

澪人は、小春の肩から手を放して、すっと頭を下げた。

「そうなんだ。うん、それじゃあ、櫻井、元気そうで良かった」

工藤は目を泳がせながら、後退《あとずさ》りするように立ち去っていった。

『本当に修業不足というか、大人げないですね』

千歳と共に現われた若宮が、しみじみと言う。

「そやかて、小春ちゃんが結婚したいてまで思うてた人や。牽制《けんせい》くらいしたなるし」

澪人はばつが悪そうに顔を背けた。

えっ？　と小春は不思議そうな目を見せる。

「結婚したい人？」

「前に小春ちゃん、言うてたやろ。昔結婚したい人がいてたけど、今はその気持ちはのうなったって。それって今のお人やなかったんやろか」

澪人は戸惑ったように、遠ざかっていく工藤の背中に目を向ける。

その様子を見ていた千歳は、はーっ、と息を吐き出す。

「いきなり、澪人さんが弱くなったのはこういうことだったんだ」

小春は、そんな、と首を横に振った。

「今の工藤くんは、えっと、中学の時、ちょっと好きかもと思っていた人ですけど、結婚なんてそんな」

『それなら、やはりわたしのことですか？』

と、若宮がにゅっと顔を出す。

「だから前世の話でもなくて。あの……」

小春は言いたくなさそうに目をそらした。

「他に本気で好きな人がいてたことがあるんやろか？」

澪人が真剣に問うと、小春は弱ったように口を開いた。

「小さい頃の話で、本当にここだけの秘密にしてほしいんだけど……」

小声で言う小春に、皆はごくりと喉《のど》を鳴らした。

「宗次朗さんなの……」

えっ？　と澪人、若宮、千歳は訊《き》き返す。

「だから、その、うんと小さい頃、宗次朗さんのお嫁さんになりたいって思ってたの。それは気の迷い、黒歴史！」

小春が思わず声を張り上げた時、

「やっぱり小春ちゃん、宗ちゃんに憧《あこが》れていたんだ！」

と横から杏奈の声が響いた。

顔を向けると杏奈が口に手を当てていて、宗次朗が「よっ」と片手を上げている。

「そ、宗次朗さんっ」

誰よりも聞かれたくなかったのに、と小春は顔を手で覆った。

「気にするな、小春。それはもう当然のことだろ。こんな素敵なお兄様が側にいたら、誰だってそうなっちゃうよな」

宗次朗は、得意顔で大きく首を縦に振る。

「うん、宗ちゃんみたいな人が側にいたら仕方ないよ」

杏奈の方は真剣にうなずいている。

「宗次朗さんやったんや。安心と同時に得たこの不快感はなんやろ」

澪人は、はぁ、と息を吐き出す。

「おい、不快感って言うな！」

宗次朗は、澪人を指差して声を張り上げる。

「露骨に指差すの、やめてください」

笑いながら宗次朗と杏奈、澪人は店の中に入っていく。

千歳も店に入ろうと踵《きびす》を返した時、小春はその手をつかんだ。

「千歳くん、ちゃんと話したいから、ちょっと時間いいかな？」

しっかり千歳の気持ちに向き合おう。

気持ちには応《こた》えられないと伝えよう。

そんな小春の想いが伝わったようで、千歳は目をそらした。

「あのさ、これは三番勝負なんだ。今のところ一勝一敗で引き分け。小春さんの話は、もう一戦交えた後でいいかな」

もう一戦したとして、その結果がどうであれ、気持ちは変わらないだろう。

そう思ったが、千歳の目が真剣だったので、小春は「分かった」とうなずく。

千歳はホッとしたように頬を緩ませて、店の中へと入っていく。

暖簾《のれん》の奥へと消えていった千歳の背中を見ながら、小春は小さく息をついた。

返事は持ち越しとなった。

「そういえば、幼稚舎の問題もまだ解決してないんだもんね……」

何者かがあそこに悪霊を集めて、閉じ込めたのだ。

一体どういう意図があったのか――。

小春は背筋を伸ばして、空を仰ぐ。

はっきりしない気持ちとは裏腹に、澄んだ秋の空が広がっていた。

参考文献

『神道大祓―龍神祝詞入り―』（中村風祥堂）
『神道と日本人　魂とこころの源を探して』山村明義（新潮社　二〇一一年）
『本当はすごい神道』山村明義（宝島社新書　二〇一三年）
『京の風水めぐり　新撰　京の魅力』目崎茂和／文　加藤醸嗣／写真（淡交社　二〇〇二年）
『本当は怖い京都の話』倉松知さと（彩図社　二〇一五年）
『平安京は正三角形でできていた！　京都の風水地理学』円満字洋介（じっぴコンパクト新書　二〇一七年）
『古地図で歩く　古都・京都』天野太郎／監修（三栄書房　二〇一六年）
『別冊宝島２４６３　京都魔界図絵　歴史の闇に封じられた「魔界」の秘密を探る』小松和彦／監修（宝島社　二〇一六年）
『運命を導く東京星図』松村潔（ダイヤモンド社　二〇〇三年）
『増補改訂版　最新占星術入門（エルブックスシリーズ）』松村潔（学習研究社　二〇〇三年）
『いちばんやさしい西洋占星術入門』ルネ・ヴァン・ダール研究所（ナツメ社　二〇一八年）
『図説　日本呪術全書』豊島泰国（原書房　一九九八年）
『増補　陰陽道の神々（佛教大学鷹陵文化叢書）』斎藤英喜（佛教大学生涯学習機構　二〇一二年）

本書は書き下ろしです。

わが家《や》は祇園《まち》の拝《おが》み屋《や》さん14

渓谷《けいこく》に散《ち》る紅葉《もみじ》と陰陽師《おんみょうじ》の憂鬱《ゆううつ》

望月麻衣《もちづきまい》

令和3年 9月25日　初版発行
令和6年 11月20日　再版発行

発行者●山下直久

発行●株式会社KADOKAWA
〒102-8177　東京都千代田区富士見2-13-3
電話　0570-002-301(ナビダイヤル)

角川文庫 22831

印刷所●株式会社KADOKAWA
製本所●株式会社KADOKAWA

表紙画●和田三造

ISBN 978-4-04-109306-1　C0193

角川文庫発刊に際して

角川源義

第二次世界大戦の敗北は、軍事力の敗北であった以上に、私たちの若い文化力の敗退であった。私たちの文化が戦争に対して如何に無力であり、単なるあだ花に過ぎなかったかを、私たちは身を以て体験し痛感した。西洋近代文化の摂取にとって、明治以後八十年の歳月は決して短かすぎたとは言えない。にもかかわらず、近代文化の伝統を確立し、自由な批判と柔軟な良識に富む文化層として自らを形成することに私たちは失敗して来た。そしてこれは、各層への文化の普及滲透を任務とする出版人の責任でもあった。

一九四五年以来、私たちは再び振出しに戻り、第一歩から踏み出すことを余儀なくされた。これは大きな不幸ではあるが、反面、これまでの混沌・未熟・歪曲の中にあった我が国の文化に秩序と確たる基礎を齎らすためには絶好の機会でもある。角川書店は、このような祖国の文化的危機にあたり、微力をも顧みず再建の礎石たるべき抱負と決意とをもって出発したが、ここに創立以来の念願を果すべく角川文庫を発刊する。これまで刊行されたあらゆる全集叢書文庫類の長所と短所とを検討し、古今東西の不朽の典籍を、良心的編集のもとに、廉価に、そして書架にふさわしい美本として、多くのひとびとに提供しようとする。しかし私たちは徒らに百科全書的な知識のジレッタントを作ることを目的とせず、あくまで祖国の文化に秩序と再建への道を示し、この文庫を角川書店の栄ある事業として、今後永久に継続発展せしめ、学芸と教養との殿堂として大成せんことを期したい。多くの読書子の愛情ある忠言と支持とによって、この希望と抱負とを完遂せしめられんことを願う。

一九四九年五月三日

ISBN 978-4-04-103796-6

大正幽霊アパート鳳銘館《ほうめいかん》の新米管理人

竹村優希

秘密の洋館で、新生活始めませんか？

鳳《おおとり》爽《そ》良《ら》は霊が視えることを隠して生きてきた。そのせいで仕事も辞め、唯一の友人は、顔は良いが無口で変わり者な幼馴染の礼《れ》央《お》だけ。そんなある日、祖父から遺言状が届く。『鳳銘館《ほうめいかん》を相続してほしい』それは代官山にある、大正時代の華族の洋館を改装した美しいアパートだった。爽良は管理人代理の飄々とした男・御《み》堂《どう》に迎えられるが、謎多き住人達の奇妙な事件に巻き込まれてしまう。でも爽良の人生は確実に変わり始めて……。

角川文庫のキャラクター文芸

ISBN 978-4-04-111427-8

ISBN 978-4-04-111055-3

ISBN 978-4-04-108752-7